SOLAK

Née en 1981, Caroline Hinault est agrégée de lettres modernes. Elle enseigne la littérature à Rennes. Elle a reçu le prix polar Michel-Lebrun, le prix découverte Claude-Mesplède, le prix des lecteurs de Villeneuve-lez-Avignon, le prix Robin-Cook, le prix des lecteurs du salon du livre de caractère de Quintin et le Trophée 813 du roman francophone pour *Solak*.

CAROLINE HINAULT

# *Solak*

ROMAN

ÉDITIONS DU ROUERGUE

ISBN : 978-2-253-94139-2 – 1re publication LGF

*Aux femmes-promesses.*

*Quelquefois les agneaux se changent en lionnes, en tigresses, en pieuvres.*

Louise MICHEL, *Mémoires*.

*On cherche aussi, nous autres, le Grand Secret.*

Henri MICHAUX, « Le grand combat ».

*La lame s'enfonce dans la chair de l'abdomen comme un sexe d'homme dans un sexe de femme, c'est doux, ça glisse beurré dans les plis de l'autre, une caresse lente qui perce l'envers jusqu'à l'abîme offert où la colère tombe et implose.*

*La lame creuse en vrille lisse. Sa mèche fore un trou rouge d'où la révolte de tout temps, du premier jour, celle jamais éteinte avec son noyau noir qui lui roulait au ventre depuis l'obscurité originelle, souffletait dans tout son corps, fulminait et tapait de son pied de taureau aux narines dilatées ; la révolte qui gangrenait tout, empêchait tout, ne pouvait se dire, exulter, jouir pour mourir ; la révolte qui l'inondait quotidiennement d'une sève opaque et gluante et sur laquelle un couvercle de plomb appuyait comme sur un œuf de vautour qu'on empêcherait d'éclore ; la révolte qui grondait depuis des zones lointaines, profondes et incarnées ; la révolte au reflet d'œil sombre, qui était sienne et pas seulement, qui avait tout infecté, corrompu et dont la seule issue était la mort imminente ou le crime, qui avait choisi le crime, avait cessé de prendre sur soi pour prendre dans l'autre, lui fendre l'abdomen et y tracer une voie par laquelle la colère allait enfin pouvoir perler, puruler, jaillir en un intarissable geyser de sang et de soulagement ; la révolte qui dévorait de ses dents creuses jusqu'au regard sur le monde, le rendait inhabitable, hostile et inconnu ; la révolte giclait à l'air libre désormais, ensanglantait ses doigts, se répandait en fleuve sur les phalanges crispées qui tenaient rouge la garde, profond dans le gargouillis des entrailles à la résistance molle et au poids d'une lourdeur soudain incommensurable.*

*Mais déjà le flot brun commençait à tarir, le corps à s'affaisser, hagard et bête devant sa propre mort. Le soulagement n'est jamais qu'un éclair.*

*On ne sait jamais ce qui suit.*

# QUELQUE PART
# AU NORD DU CERCLE ARCTIQUE,
# AVANT LA FIN DU SIÈCLE PASSÉ

# Août

Un autre câble en l'air, une langue qui se déplie depuis la gueule de l'hélico et une silhouette de gamin qui descend laborieuse, c'est pas bon signe, bordel. Il va pas rester coincé entre ciel et terre ce couillon-là qui jette des regards dessous lui ? Il doit être en train de se demander ce qu'il est venu foutre dans cet enfer qui se passait très bien des hommes, mais il faut bien qu'il y ait un lieu, c'est celui-là. Sûr que ça s'oublie pas, le spectacle qu'il devine au bout du vide, là tout en bas, à la racine du vertige, le gros œil de la presqu'île qui le fixe mauvais sous ses paupières d'eau froide. Le câble coulisse, le gamin se balance dans les rafales, agrippé au filin comme un nourrisson à sa mère. Nous trois on le regarde faire, têtes en l'air, cou cassé. Ceux de là-haut continuent à dérouler le fil qui est plus qu'à quelques mètres du sol. Enfin la queue du câble caresse les poils de la toundra et le gamin pose deux guiboles flageolantes par terre, tête baissée sous la capuche fouettée par l'air. Avec le vent et le souffle de l'hélico, ça lui prend plusieurs minutes de se détacher du harnais, sans parler du froid qui engourdit les doigts. Il nous fait signe, se met à l'écart. On se précipite dans l'enfer de bourrasques, nos capuches sur la fente du regard, on saisit les câbles, les pinces, on réattelle tout le merdier, le container tout juste accouché de son précieux chargement dans lequel on a calé comme on a pu le cercueil d'Igor. On recule loin pour observer le troc de mort-vivant. On fait signe là-haut que c'est bon. On attend. Attendre, c'est mille petites bouches de froid qui vous entament le corps sous la parka. Le container décolle du sol en grinçant pour s'envoler à la suite de l'hélico. Il plane léger en direction du brise-glace qui mouille à l'horizon et qu'on reverra plus avant des mois. Seul comme une mouche écrasée, le gosse se tient au milieu du terrain où les herbes commencent tout juste à redresser la tête.

Tout de suite, je me suis demandé comment il allait tenir dans ce désert glacé. Je le revoyais punaisé à son câble comme un insecte sur du papier tue-mouches. D'abord il avait fallu le temps de stabiliser l'hélico, le vent de nord-est était puissant, ceux d'en haut avaient fait glisser le container en premier.

Dans l'air soufflé par rafales, il avait fallu se remuer avec Grizzly et Roq, affronter les gifles du vent en se protégeant de l'avant-bras, avec le froid qui en profite toujours pour vous faire ses baisers d'aiguilles rouillées. Dépoter, empoter à rebours. On avait fait sauter les clenches, les gants s'étaient activés pour ouvrir les portes, sortir les caisses, ça pèse une tonne ces machins-là, une année de repas en boîtes, peut-être quelques fruits frais si l'intendant a bien voulu nous accorder une dose de fibres avant l'enfilade de haricots et de soupes qui nous bouchent le trou pire que du ciment frais, tout ça pour garder un drapeau quand on y pense, et que d'autres troufions puissent pas claironner au monde que leurs bottes sont prioritaires, ce morceau-là, il est à nous, rien qu'à nous. Au bout d'un moment, le bazar a été déchargé. Faut avouer, le ravitaillement c'est un événement qui tend son cou de dindon à la surface des jours, ça fait toujours son petit effet dans nos caboches tièdes. Les caisses contiennent pourtant jamais rien d'incroyable, aucune révélation, si bien que je frétille pas non plus de la queue, mais ça donne une chance à cette crevure d'illusion qu'on croit toujours avoir bien écrabouillée au fond de soi et qui palpite encore parfois comme quoi, saleté d'espoir. L'avantage de l'âge c'est qu'on le fait taire très vite et moi je suis trop vieux pour tout, y compris cette saloperie de froid qui me craquelle la bouche et me couperose tellement la gueule que j'ai l'air d'un lutin de papier mâché roulé dans le sucre glace.

J'ai pas pu m'empêcher de penser au jour où l'hélico reviendrait chercher le gamin. Qui pouvait dire si je serais encore là quand le bourdonnement de l'appareil reviendrait briser la coque du silence pour hélitreuiller en sens inverse la recrue qui serait plus vierge mais transformée sévère par le froid et la grande Nuit, un jour ou l'autre, forcément ? Dans le fond, je savais que je crèverais là, jamais je reviendrais chez les terriens, c'était convenu comme ça. Je me laisserai envelopper dans mon manteau de fausse sagesse et le froid finira gentiment son travail, la banquise comme un linceul brodé d'avance. Mais pour un jeune soldat même d'esprit aventureux, la solitude, l'hiver et le Pater sont de sérieux ennemis.

Y avait qu'à voir Igor. Pauvre Igor. La charpente pourtant taillée pour cette vie-là. Une mâchoire-équerre plantée à angle droit sous le bonnet, des biceps bien durs qu'on devinait bandés sous l'édredon de la parka, faut le faire deviner le nerveux d'un muscle sous les couches de laine et de duvet comme si le spectre de sa chair se baladait tranquille à la surface du manteau. À Solak, on finit par croire que la peau, les muscles, tout ce petit monde chaud et souterrain du corps, ça existe plus, c'est une légende de vivants, même les entrailles sont figées, l'estomac rose en stalagmite, les intestins congelés. Malgré ses biceps bien vivants ou à cause peut-être, Igor a commencé à gripper. Il a dû sentir qu'il se cryogénisait de l'intérieur et s'est mis à causer tout seul. On le fait tous. Mais Igor parlait seul avec nous, c'était ça le problème, c'est par le langage, toujours, que ça commence. Il avait trouvé refuge dans un coin de sa tête, le seul qui crachotait encore un peu de chaleur. Chaque jour qui passait, il se repliait un peu plus sur ce foyer minuscule qui brûlait dans sa boîte crânienne pour y réchauffer le ragoût de sa folie. Au début, on s'est pas trop méfiés. On l'entendait chanter, marmonner. Et puis au fil des nuits, parce que c'était pendant la grande Nuit, faut croire qu'il a cédé à l'obscurité. Il a dû penser que jamais plus le soleil reviendrait et c'était plus qu'il pouvait supporter, Igor, cette vie de chien aveugle. En tout cas, il sortait presque plus de son baraquement et on l'entendait pleurer, crier, pousser seul des rires glaçants dans un délire incompréhensible. Ses paroles pour personne se déversaient en flots continus, on l'entendait se raccrocher aux mots comme à des balises de secours dans une cacophonie solitaire, un baragouin imaginaire. Il coulait. Je le savais bien moi, qu'il coulait, mais qu'est-ce qu'on pouvait y faire? À la fin, il sortait plus de sa baraque pourrie bouffée par le froid et l'humidité, même pas pour venir manger à la Centrale. Grizzly ou moi, on lui déposait son repas à la porte, on l'entendait hurler dans la grande Nuit comme une satanée bonne femme qui accouche ou un loup esseulé. On pouvait plus lui parler, accéder jusqu'à lui. Les rares fois où il m'a ouvert la porte, il m'a regardé d'un œil qui jonglait seul dans son orbite à vous congeler les tripes mieux qu'une tempête de neige.

Igor est sorti un matin. Je dis un matin mais c'était encore la grande Nuit si bien que le noir avait tout avalé et qu'on distinguait rien à plus de cinq mètres. Il nous appelait, Piotr Grizzly Roq qu'il gueulait, Piotr Grizzly Roq dans le froid et le vent du nord. Il nous a fallu du temps pour entendre. On a fini par sortir tous les trois du ventre chaud de la Centrale, en renfilant nos gants et nos parkas à la va-vite, et en gueulant dans le tunnel de vent quoi putain Igor?

Immense, Igor se tenait sur le seuil de sa baraque.

Avec le vent, la pénombre, le blizzard, on distinguait mal son fusil calé debout entre ses genoux, canon orienté vers le menton. On devinait à peine sa masse d'ursidé dressée dans l'encadrement de la porte et sa bouche en sourire étrange, triste et chaud. Il a rien dit. Il a attendu qu'on se soit suffisamment approché de lui dans le bleu du noir et le vent qui nous cousait les yeux, et quand on a été à bonne distance, on a entendu la détonation. Des gerbes qui devaient certainement être roses et rouges comme un beau mélange d'œillets marins et de raisins d'ours ont volé en l'air devant nous, avant de retomber en paquets de bruit sur la neige endormie.

C'est pour ça, la recrue.

Une fois l'hélico parti avec le corps d'Igor dans sa boîte, un corps de géant sans tête qui s'était parfaitement conservé toute la fin de l'hiver et même au printemps parce que le Grand Nord faut bien que ça ait des avantages, le gamin tremblait plus. Plus de peur en tout cas, de froid peut-être un peu, il manquait d'habitude. J'ai pensé il est trop frêle sous son équipement, il tiendra jamais et je sais que Grizzly et Roq aussi ont pensé ça. Le gosse l'a peut-être vu dans nos regards mais a rien dit. Il a juste enfoui un peu plus la tête dans sa parka et laissé déborder, coincés entre son col noir et la frange de son bonnet, deux clous bleus qui nous ont transpercés. Un regard d'iceberg déchiqueté, électrique comme j'en ai rarement vu, et pourtant j'en ai croisé des rageux qui vous plient le regard d'une seule paupière. Il nous a bien fixés tous les trois, avec ses yeux de métal clair qui nous ont coagulés sur place pour ainsi dire, l'œil gauche bordé d'une drôle de cicatrice, un genre de morsure boursouflée qui lui faisait l'air mauvais. Il était peut-être pas si fragile que sa silhouette en avait l'air finalement, malgré son nez déjà rougi par le froid. Celui-là, il est pointu, aiguisé comme une lame j'ai pensé, pas plus épais qu'une feuille de boucher qui fait l'oignon sous ses couches de laine et sa parka, mais affûté. Ses jambes aussi, c'étaient deux dagues dans la gaine de son treillis.

Il nous a tendu à chacun une main gantée nerveuse, sans rien dire. Nous on a quand même dit nos noms et puis que ce serait mieux de rentrer les caisses qui traînaient encore dehors, on allait avoir tout le temps qu'il faudrait pour faire connaissance. Le gamin a pas répondu, son visage avait quelque chose d'abîmé, de déjà vieux, de déjà mort même j'ai pensé. Il est passé devant nous en portant un carton. J'ai repensé à ses yeux comme deux brochettes de glaçons. Fin comme une aiguille, mais ça puait l'écorché. Le coriace. Les emmerdes je me suis dit.

Au chaud le gamin a d'abord pas enlevé sa parka, je lui ai dit de la retirer, que c'était la première chose à faire ici, se défaire justement, même et surtout s'il crevait de chaud après le remue-ménage des caisses qui nous avait tous mis en nage. Parce que ça y est, tout y était dans la réserve, y avait plus rien sur la toundra où le vent avait fini de redresser l'herbe comme des petits cheveux sur un crâne de bébé.

Le ravitaillement avait été un songe dans nos têtes d'abrutis, pourtant on venait de les porter un par un, ces cartons qui nous brisaient le dos. De la bouffe, du tabac, des médocs, des outils, des munitions, quelques vêtements, ça tient en peu de choses, la survie d'une poignée d'hommes. Le plus gros carton, en tout cas le mieux ficelé, c'était pour Grizzly. Il l'a reconnu aussitôt à la marque de son labo et aux inscriptions *fragile* tatouées un peu partout sur les côtés. Faut voir comment il le portait son paquet, un vrai nouveau-né. C'est ton anniversaire je lui ai dit, il a rigolé. C'était la sonde. Celle pour le glacier. J'ai bien cru qu'il allait pleurer comme le jour où l'autre était tombée dans une crevasse. Ce jour-là Grizzly était entré dans la Centrale avec une tête de dix pieds de long et un regard à vous clouer au mur. Je crois que c'étaient pas que ses recherches, ses mesures, son boulot de laborantin de l'extrême qui le contrariaient, mais sans son petit bijou de technologie, sa présence ici voulait plus dire autant. C'est ce qui le rend différent de Roq et moi, il a un sens tout trouvé et plus solide auquel s'accrocher. Sa sonde, c'est un genre de lisse entre lui et le gouffre. Il l'a pas déballé tout de suite son joujou, mais l'a entreposé dans la réserve avec le reste. Chaque chose en son temps. Maintenant qu'il a un nouveau garde-corps pour le protéger du vide, Grizzly est redevenu lui-même, il va faire du thé.

Le gamin lui, était comme cloué sur le vieux plancher de la Centrale. Il regardait autour de lui et je me demandais bien ce qui pouvait passer dans la tête d'un môme engagé ici forcément sur un coup de tête, ou bien banni l'air de rien par les terriens, sinon quoi ? Ça devait pédaler à toute vitesse là-dedans. Les flammes du poêle se reflétaient en langues orange sur son visage. Il regardait la baraque en bois et en tôle, notre bonne vieille demoiselle bouffie de Centrale, aussi vieille que l'expédition qui l'avait vue naître. Rafistolée, retôlée, recloutée, rapiécée, qui grinçait, qui boitait, mais qui tenait toujours, comme moi.

Le regard pic à glace faisait le tour de la pièce. Il observait les étagères en bois affaissées sur le mur à gauche, la réserve d'allumettes au-dessus d'un bric-à-brac impossible que personne cherchait plus à ranger. Un amoncellement de trucs gras, rouillés ou poussiéreux, de clous, d'outils ou de paniers troués accumulés là depuis des années. Face à lui, sur le mur du fond où se trouve la porte qui mène à la réserve, irradiait le poêle brûlant, le cœur fatigué mais inépuisable de la Centrale qu'on chouchoute pour pas qu'il nous claque entre les doigts. Le regard acier coulissait sur le mur de droite où se trouvent la table en partie couverte de boîtes de conserve, les chaises et le petit renfoncement de la cuisine où se tenait Grizzly. Ses yeux sont revenus au milieu de la pièce, le salon comme on l'appelle entre nous vu que c'est quatre fauteuils défoncés autour d'une caisse retournée parfaite pour jouer aux cartes. Le nouveau allait vite trouver sa place parce que même si personne s'était jamais rien dit, on s'assoit pas dans le fauteuil d'un autre. Roq se mettait toujours le plus près de l'entrée et donc de la fenêtre, enfin de ce qu'on appelle la meurtrière vu qu'elle a le volet fermé six mois de l'année et un unique carreau vertical étroit comme un vitrail qui siffle avec le vent et vous enfonce son cri strident de flûte japonaise dans les tympans. Grizzly et moi, on est en face, chacun d'un côté du poêle, si bien qu'il reste qu'un fauteuil, côté cuisine si on veut, le plus mal en point avec son armature très basse en métal fin. On dirait une araignée en tubes d'acier avec un rembourrage marronnasse multirafistolé, comme si quelqu'un l'avait recousu cent fois mais jamais avec la même laine et à l'aide d'une immense aiguille à ravauder de conte de fées. Sûr que ça doit être unique au monde un fauteuil pareil.

Le gamin enlevait toujours pas sa fichue parka et avait toujours pas dit un mot. Grizzly préparait du thé. On entendait ses gestes, le bidon d'eau soulevé puissant, le liquide versé dans la bouilloire métallique, les timbales entrechoquées. Pendant ce temps, après avoir trouvé un paquet de charcuterie et reniflé un saucisson de porc en le faisant rouler sous son nez façon cigare cubain, Roq s'affairait à traîner au sol un carton depuis la réserve, le cagibi sans fenêtres où le matériel et la nourriture sont entreposés dans le noir et la crasse éternels. Je voyais ses fesses se tortiller dans son treillis. Avec son dos, il a d'abord bloqué la porte qui relie la Centrale à la réserve. Il tirait sur son précieux trésor en ahanant, mégot au bec, bras tendus et cul en butte, plié en deux comme on traînerait un cadavre au sol. Le carton tintait par moments. Personne n'a fait un geste pour l'aider. D'abord Grizzly préparait le thé, moi j'étais dans mon fauteuil et puis le gamin était toujours debout immobile, et tout, dans la manière qu'avait Roq de s'agiter au-dessus de son carton, disait que c'était son affaire, son moment, et que personne était invité à venir piquer une tête dans sa petite piscine de plaisir.

La bête trônait enfin au milieu de la Centrale. Roq a sorti victorieux son couteau de survie, on aurait dit un fou qui observe l'éclat de sa lame avant de plonger dans le crime et puis il a éventré le carton d'un trait net, une surpiqûre parfaite. Il a écarté les flancs de la boîte et poussé un beuglement heureux, je me suis penché pour voir les précieuses bouteilles, plus d'une centaine à vue de nez, jamais vu ça en vingt ans de Solak. Ils avaient dû changer d'intendant chez les terriens ou bien c'était une erreur, en tout cas ça faisait pousser des cris de joie sauvage à Roq. Ces fils de pute avaient pensé à nous. Des litres de vodka pour arroser notre solitude. J'ai souri à demi parce que j'étais content moi aussi, du ravitaillement, des bouteilles et peut-être même de voir Roq dans cet état, même si dans le fond de mon estomac quelque chose remuait gluant et noir parce que je sais trop bien comment la vie finit toujours par vous glisser sa main froide dans la nuque avant de vous plonger la tête dans une masse sans air et bouche-espoir.

Roq brandissait un trophée en l'air, une bouteille bleu et blanc, blanc et bleu, c'était de la joie, ça nous réchauffait par avance surtout qu'on avait épuisé nos réserves depuis des semaines et que j'avais bien cru que Roq allait devenir fou à s'en faire sauter le caisson comme Igor, paix à son âme. Il faisait danser la bouteille en l'air, on voyait l'ampoule du plafonnier filtrer à travers elle, j'ai pensé ça peut exploser à tout instant une bouteille, c'est rien que de la violence à l'état liquide, je connais trop bien les hommes. Roq m'a gueulé dessus comme s'il lisait dans mes pensées mais réjouis-toi le vieux, réjouis-toi mon vieux Piotr. Il avait ouvert la bouteille, reniflé longuement le goulot, narines dilatées. Il en faisait des tonnes, roulait des billes de clown surexcité, j'ai fini par rire et Grizzly presque aussi au-dessus de son réchaud. Roq a rempli nos quarts au tiers, allez allez les gars on trinque à ces enfoirés de terriens, il gueulait comme s'il avait été dans un bar bondé de la capitale, il s'essoufflait, gesticulait, on l'avait pas vu aussi animé depuis longtemps.

Le gamin était toujours planté debout solitaire dans l'entrée. Sa tête bougeait pas. Seuls ses yeux se promenaient comme deux souris vives sur les planches pourries de la Centrale, deux petits rongeurs qui frôlaient les tasseaux rafistolés, les sapines craquelées, les tôles et les bardeaux vermoulus. Il avait l'air de ressentir le lieu avec tout son corps, de respirer l'odeur du mobilier usé avec son entêtant parfum de renfermé, de bêtes décomposées, de fumée et de sueur, une odeur inimitable, quelque part entre le refuge de montagne et la tombe.

Roq s'est arrêté soudain, sourire tombé par terre. Il s'est approché du gamin et lui a tendu un quart d'alcool. Le gosse a pris la tasse mais a pas dit un mot. Roq s'est penché vers lui. Eh ben, t'es pas très causant toi. C'est tout ce que t'as à dire ? Le gamin restait muet. Grizzly et moi on s'est tendu léger mais le gamin a pas cillé. Ben merde alors, ils nous ont envoyé un enculé de taiseux. C'est la déco qui t'impressionne ? Roq a éclaté de rire comme s'il était déjà bourré. Ça manque un peu de déco c'est vrai, mais ici on peut pas vraiment faire la fine bouche. Il se marrait mais le môme bougeait pas et commençait vraiment à nous foutre tous mal à l'aise, c'est vrai ça, pourquoi il causait pas ? Roq a arrêté de se gondoler, il s'est approché encore plus près du gamin, son mégot baisait quasi les lèvres du gosse. J'ai vu leurs yeux s'accrocher, ceux du gamin plantés droit dans ceux de Roq, avec la cicatrice qui palpitait gonflée, et puis Roq a éclaté d'un rire immense, une explosion qui était comme le tonnerre qui déchire la toile du ciel. Allez viens, on va trinquer à ton arrivée, le ravito c'est l'occasion de faire la fête, tu comprendras ça vite crois-moi. Il a tapé costaud l'épaule du gosse et renversé un peu de son quart. La recrue s'est laissé faire. Roq se marrait encore, mais nerveux, les joues plissées de mauvaises rides. Des vraies occasions de picoler, y en a pas des tonnes ici. Il a arrêté de rire. D'ailleurs tu vas vite oublier ce mot parce qu'une occasion ça veut rien dire quand tous les jours s'enfoncent dans la même vase sans grumeaux. Et encore, t'arrives quand ça a encore une gueule de nature dehors. Y a un joli petit profil d'été, et de la mousse fraîche comme une toison de jeune fille où on aurait envie de fourrer les doigts. Il a passé l'index et le majeur sous le nez du gosse, en guise d'illustration. Mais attends de voir la vraie Nuit. Il a tiré sur son mégot et soufflé la fumée au visage du gamin qu'a pas bronché. Attends de voir le vrai froid. Bois, bois je te dis, bois tant que le couvercle s'est pas encore refermé sur nous. La recrue a levé son quart et l'a sifflé d'une traite. Roq a enfin reculé. Nos épaules se sont baissées. Nous aussi on a sifflé nos quarts et Grizzly s'est tourné vers le gamin, tu veux t'asseoir ? Sa grosse voix paraissait douce à côté des beuglements de Roq.

Le gamin a posé son quart vide sur la table, s'est essuyé la bouche du revers de la main et a enfin ôté sa parka et son bonnet. Il a sorti de là-dessous comme une allumette de sa boîte un corps tout sec et cassant, une brindille de muscles fins et nerveux qui s'entortillaient autour de son squelette jusque dans son cou et finissaient de se nouer autour de sa jugulaire. Au-dessus de son visage d'accident se dressaient des cheveux ras très noirs qui allaient bientôt repousser vu qu'ici on est pas trop regardant sur la coupe militaire et que tout pelage est le bienvenu pour lutter contre le rasoir du froid. Il s'est assis sans rien dire dans le fauteuil araignée et la bouilloire s'est mise à siffler.

Roq s'était un peu calmé mais se resservait déjà en vodka. J'ai dit moi c'est Piotr, ça fait vingt ans que je suis sur Solak. Le môme a même pas fait semblant d'être impressionné ce con. C'est pas que je voulais me faire mousser mais vingt ans. J'aurais bien aimé l'y voir le mioche. Il a juste hoché la tête alors j'ai continué pour lui expliquer les bases, comme quoi c'était moi le chef. Enfin pas le chef de Grizzly, lui c'était différent puisqu'il est pas de la maison, mais comme je voulais pas vexer Roq, j'ai pas précisé que depuis la mort d'Igor j'étais son chef *à lui seulement*, c'était mieux de faire dans le général. On a beau vivre sur la banquise, s'il y a bien un truc qui gèle jamais, c'est l'orgueil des hommes. J'expliquais donc que c'était moi le chef pour tout ce qui concerne le drapeau, la surveillance du territoire et la tenue du camp. Comme le gosse répondait toujours rien, j'ai déroulé que ça tombait bien qu'il arrive un peu avant la fin de l'été, il aurait le temps de repérer les lieux, on irait lui montrer tout ça plus tard. Pour les dangers aussi, plus tard. J'ai expliqué que Roq était là depuis cinq ans, que c'était une vraie brute mais un sacré chasseur, Roq a grogné fier. Grizzly nous quittera après la grande Nuit, au printemps prochain, une fois sa mission terminée. Il est là pour mesurer la glace mais sur son temps libre, il observe et note des tas de trucs. Temps libre façon de parler j'ai dit, parce que c'est comme pour tout, faut voir ce qui se ramasse derrière ces mots-là. En tout cas, j'ai pensé sans le dire, ce qui est certain c'est que sur Solak, le temps on le voit mieux passer qu'ailleurs, chaque minute ressort bien nette à angle droit, pas comme chez les terriens avec leurs remparts d'activités qui leur bouchent la vue. Ici, le temps, on voit même que ça, c'est comme un troupeau de rennes dans la cour de la Centrale au printemps, on peut pas le rater.

Et libres est-ce qu'on l'était ? Je préférais pas y penser, alors j'ai chassé l'image que j'ai eue de nous quatre, encagés en dedans sur l'infini glacé.

J'avais perdu l'habitude de faire la causette si bien qu'après les présentations je savais plus quoi dire à part que j'avais des questions. Pour combien de temps il était là ? Où est-ce qu'il avait servi avant ? Comment ça se fait qu'il avait atterri sur Solak avec sa carcasse de mioche à peine sorti du bac à sable ? Le gamin a rien répondu mais a sorti de son barda un stylo et un carnet de feuilles jaunes. Il s'est mis à scribouiller et ça, ça a centrifugé illico les veines de Roq qui sait à peine écrire son prénom faut dire. Putain t'écris quoi la recrue ? Roq s'est levé de son fauteuil. T'es pas un enfoiré de sourd et muet sans déconner ? Le gamin répondait pas. Tu vas pas nous gâcher la soirée du ravito, il s'est tourné vers moi, merde Piotr, il va pas nous gâcher la soirée du ravito ? Mais réponds bordel, réponds ! T'auras tout le temps d'écrire ici ! Le gamin écrivait, il écrivait le con, sans lever un sourcil, sans réagir à la tension qui bandait les muscles de Roq à quelques centimètres de lui et qui menaçait de lui éclater le visage dans les secondes qui venaient.

Grizzly a posé sa bouilloire fumante au milieu de la table, c'est sa façon de faire à Grizzly. Il a dit qu'il fallait alterner un verre de vodka et un verre de thé, sinon demain.

Le gamin a enfin tourné son carnet vers nous.

Lentement, il en a tourné deux pages sous nos yeux, pour qu'on ait bien tous le temps de lire. *Je suis muet mais pas sourd, connard.* Et puis *on sait jamais le temps qu'il reste.* Il y a eu un silence interminable qu'un rayon de soleil perpétuel est venu éclairer sur la caisse du salon à travers la meurtrière. Ça sentait le thé, le tabac, la bête morte et l'haleine de vodka.

Roq a éclaté de rire en portant son quart à la bouche. Ben merde alors, j'y crois pas, ils nous ont envoyé un putain de muet. Il se tapait les cuisses, plié en deux maintenant, le fou rire lui montait en chatouilles, il se marrait comme un âne, sa gueule pleine de chicots grande ouverte, t'y crois ça mon vieux Piotr ? Il a pas attendu que je réponde et s'est tourné vers le gosse, eh ben santé l'écrivain, avant de marmonner pour lui-même, entre deux goulées d'alcool et de fou rire, enfoiré de muet à la con.

Dans la nuit jaune, Grizzly avait raccompagné le gamin jusqu'à son baraquement, celui où Igor s'est fait sauter le caisson plein nord, à une trentaine de mètres de la Centrale. Je l'ai imaginé découvrir sa piaule froide, son petit lit froid, son poêle pas encore chaud, la vasque à remplir à la main où il faudrait bientôt briser la glace pour se laver, la petite armoire de métal pour mettre ses affaires. Dans ma baraque, j'arrivais pas à dormir et c'était pas seulement à cause de la vodka et du soleil de minuit qui me font plus rien ni l'un ni l'autre depuis longtemps.

Roq avait trop bu comme l'ivrogne qu'il est, il était tombé plusieurs fois à force de chanter à tue-tête en tournoyant sur lui-même et en bavant de joie comme un chien content. Le gamin avait beaucoup trop picolé aussi mais il avait bu le thé que Grizzly lui avait servi. Ce qu'il voulait surtout, c'était nous observer. Ça se sentait que derrière ses yeux bleu froid embués d'alcool, il cherchait à comprendre à qui il avait affaire, qu'il reniflait nos âmes sous le vernis du permafrost. S'il m'avait demandé, j'aurais pu lui dire qu'il pouvait compter sur Grizzly qui est plus miel que griffes. Cet animal-là sait pas ce qu'est la tentation du mal parce qu'il l'a jamais approché d'assez près, on sent ça tout de suite chez lui, une fibre intacte comme une balle de coton blanc qui déroule de l'optimisme au kilomètre. Pourtant il est inquiet avec ses mesures, ça le travaille drôlement cette histoire, comme s'il avait avalé un gros diamant de solitude qu'on trouve coincé que dans la gorge de ceux qui en savent trop. Il bosse le Grizzly, il y croit à sa mission, sa ferveur fait mal à voir. Mais à part ce brave Grizzly, la banquise, qui s'en préoccupe ? Roq et moi, c'est pas notre boulot, on n'est rien que des vieux boucs de l'armée. Et même avec notre caillou dans le cerveau, ça fait longtemps qu'on a deviné que tant que les terriens auront pas une stalactite plantée dans la glotte, ils préféreront pas comprendre. Il faudrait au moins que l'apocalypse leur morde les draps du lit pour les faire galoper cul nu vers la sortie.

Comment c'est possible d'être intelligent comme Grizzly et de pas savoir à quel point il sera seul avec sa petite pépite de vérité qu'il aura mis tant d'ardeur à orpailler ? C'est un bâtisseur Grizzly, j'ai tout de suite compris ça à sa démarche. Sa taille, sa peau mate et sa carrure m'ont pas fait hésiter longtemps pour son petit surnom, rapport à son cousin blanc qu'on croise ici. Et puis dans son regard brun vif et son grand corps qui marche droit devant, y avait quelque chose d'affreusement sain, une manière de pas piétiner le monde, d'être aspiré par l'horizon sans s'enfoncer sous la conscience de sa stature. On a pourtant râlé à l'époque, quand Igor était encore vivant et qu'on a appris qu'un jeune savant allait débarquer sur Solak pour sa petite aventure, celle qu'il raconterait plus tard à ses petits-enfants les soirs d'hiver d'opérette chez les terriens, avec froid de carton-pâte et neige de cellulose à côté des murailles de glace et des mains de titan qui nous étranglent bleus ici, dans la grande Nuit, l'aventure avec laquelle il pourrait gentiment frimer au coin du feu comme font les vrais vieillards. Avec son art de bon parleur, ça deviendrait un joli conte, il en ferait de la broderie de la Centrale pourrie, il en tirerait de la dentelle des mains brûlées par le froid et de ces gros couillons de militaires vulgaires. Sans même chercher à mentir, il transformerait tout ça en Cabane de survie, en blessures héroïques, en épopée du Grand Nord. C'est pas un petit laborantin analphabète, y a qu'à voir ce qu'il a rapporté à lire quand il a débarqué y a un an. De la poésie bordel. J'ai cru que Roq allait s'étrangler. J'y ai jeté un œil un jour, discret, mais vraiment, non. Grizzly se délectait dans la Centrale, les jours de trop grande Nuit, il passait ses mains dans sa tignasse d'ours brun, tournait lentement ses pages, on le voyait bien qu'il était loin de nous, qu'il voyageait dans la chair des mots, ça se sentait qu'il y prenait une saloperie de plaisir, il aurait fallu nous expliquer comment, à nous autres, comment on pouvait plonger comme ça dans des phrases écrites par d'autres et que ça vous injecte direct du sucre au cœur. J'aurais bien aimé savoir y faire, je sentais que j'aurais pu y trouver quelque chose moi aussi, ça me frustrait. J'ai essayé de lire une ou deux fois, j'ai essayé, quand Roq était pas là. Mais c'était comme de pas réussir à jouir alors j'ai laissé tomber.

Grizzly pourtant, c'est un chiffreux à la base, une tronche dans sa partie. Il nous a expliqué tout son bazar en arrivant, ses mesures soi-disant déterminantes, comme quoi personne y prêtait attention pour l'instant mais que ça deviendrait vite une préoccupation majeure de l'humanité carrément, et le pire c'est qu'il disait ça sans un copeau de vanité, comme si lui n'existait pas là-dedans, que ça le dépassait comme un de ces bons gros mythes à la con où tout est plus grand que nous. Il expliquait serein combien tout est relié dans une chaîne qui nous dépasse, les océans, la glace, la banquise, les bêtes, la planète, les humains, une histoire de systèmes qui se donnent la main et font gentils la ronde autour du vivant. C'est un croyant à sa façon, Grizzly, un dévot scientifique. Moi je préfère les histoires de diable et de bon Dieu. En tout cas, dans la façon qu'il avait de vous regarder, franc et planté droit, c'était clairement un bon gars, avec sa face cachée comme nous tous, faut pas croire, tout le monde a ses zones d'ombre et ses trous d'eau, comme le gosse par exemple, même si je savais pas encore à quel point, ça non, c'était loin de nous avoir explosé à la gueule. Mais les trous d'eau de Grizzly étaient pas bien profonds, ça se voyait qu'il barbotait dans de gentilles petites flaques existentielles comparées à nos bonnes grosses fosses à purin.

En tout cas, quand il est arrivé sur Solak, j'ai tout de suite compris qu'il voulait pas se coltiner la partie militaire de notre identité, le moins possible. Ça le dérangeait nos vestes kaki alors que la sienne est bleue avec le sigle de son équipe scientifique. C'était pas son truc l'ordre, la hiérarchie. Et pourtant d'ordres, y en a pas beaucoup sur Solak, même si officiellement je suis le supérieur de tout le monde, de Roq et du gamin aussi maintenant, je sais plus si je l'ai dit. À quoi ça aurait servi de se sentir au-dessus de toute manière, par quels moyens j'aurais pu faire sentir que j'étais le chef? Il faut du monde autour qui se laisse commander pour que ça existe, le pouvoir, c'est un mot qui démarre qu'à plusieurs, au carburant de l'obéissance. Et puis de toute façon ici, le vrai chef, le seul tyran, c'est la survie, cette chienne de survie qui nous tient par les tripes, les crocs bien plantés dans les intestins sans jamais lâcher son paquet de viscères. N'empêche, en cas de coup dur, les hommes aiment bien avoir un chef. Ça les soulage d'eux-mêmes. Alors quand il faut vraiment, c'est moi qui prends le rôle et quelque part ça me rassure, parce que Roq est tellement con que ça me ferait mal de lui obéir. J'en ai vu des cinglés, des brutes poussées à sec sans une goutte d'amour, la vraie misère, le vrai désert. Des éponges asséchées, creusées par la soif mauvaise de ce qui viendrait les regonfler d'humidité noire. J'en ai vu qui faisaient vraiment peur, on n'aime jamais ça, avoir affaire à des humains inhumains, de ceux qui ont une tête des bras des jambes mais qui vous éventrent un homme sans état d'âme. J'en ai approché de très près même, mais j'aime pas penser à ça. Roq est de cette nature-là, si on peut appeler ça une nature. Je sais rien de son passé, que les grandes lignes. On est tous arrivés ici pour la même raison, l'espoir d'amnésie à moins que ce soit d'amnistie, c'est le problème des grands mots, à deux lettres près comment savoir ? En tout cas l'espérance vénéneuse qu'à force de bouffer de la banquise y aurait un peu d'innocence ou un truc originel bien limpide qui viendrait nous laver d'être des hommes. Le faux espoir que si le temps peut servir à une chose dans nos vies de cafards, ça devrait au moins être à ça, à y rouler les choses trop laides pour être racontées et à en faire un grand cigare amer qu'on fume seul, le soir, avant d'en faire retomber les cendres froides sur nos âmes jaunies.

À part Grizzly, personne a jamais dit clairement pourquoi il s'était retrouvé sur Solak. Bien sûr y a la mascarade officielle qui fait tenir la meringue debout. On est là parce qu'on l'a bien voulu, le purgatoire consenti. L'isolement, le froid, la Nuit, on les a cherchés, voire quémandés la langue pendante à notre hiérarchie trop contente d'offrir notre laideur en pâture à l'oubli, de se débarrasser de clampins plus ou moins volontaires pour garder un drapeau râpé qui claque au vent son orgueilleuse illusion de posséder le territoire. Mais le gamin. Par quel hasard un simple troufion avait fini par se retrouver là ?

Les jours qui ont suivi l'arrivée du gosse, on a un peu laissé de côté les tâches habituelles pour déballer les caisses en faisant durer le plaisir. On pourrait croire qu'on savait plus ce que c'était, nous, le plaisir, mais bizarrement, comme pour l'espoir, il devait en rester un petit asticot entortillé dans le fond de notre estomac à Roq et moi puisqu'on a éventré les caisses gaiement, au couteau, et on en a sorti les boîtes de conserve pour en faire des piles bien alignées sur les étagères de la Centrale. Les plus encombrantes, on les a laissées dans leurs caisses qu'on a traînées jusqu'à la réserve avec le reste du matériel et les précieux journaux périmés des dernières semaines.

Le premier soir, on a beaucoup bu mais on a surtout fait un festin avec le frais, les légumes et les fruits plus appétissants que des cuisses d'angelots potelés. C'est moi qui ai épluché les légumes, j'avais trop peur que Roq saccage tout, qu'il les taille n'importe comment alors que moi je sais quel enfer de volupté se cache sous une patate. J'ai saisi chaque pomme de terre du bout des doigts et j'en ai pelé la peau comme on fait sa prière. Après que le gamin a sorti son carnet à spirale, pendant que Roq picolait et que Grizzly ouvrait ses cartons, je me suis assis à la table de la cuisine. J'ai travaillé lentement, en goûtant mon plaisir et en trempant mes lèvres dans mon quart de vodka. C'était comme la première bouffée de cigarette après dix ans d'abstinence, une entaille de jouissance. Plus j'avançais dans la préparation du plat, plus j'entrais dans l'ivresse. On aurait dit une ascension de haute montagne, un effort d'endurance pour gravir le plus longtemps possible le flanc du plaisir. Je saisissais une patate entre mon pouce et mes autres doigts, je respirais son parfum de terre, une odeur à vous retourner le ventre à la fourche, ça m'ensevelissait sous la nostalgie, ça m'enfouissait loin dans le sous-sol des souvenirs avant de me ramener violent à la lumière du présent. Une dernière fois, je reniflais la pomme de terre, des souvenirs d'humus s'évaporaient, un mélange de végétal et de ciel d'été si beau et douloureux que je suis toujours estomaqué qu'une pomme de terre puisse faire ça, vous broyer la viande à l'intérieur, vous faire frémir et dilater les narines comme une bête sauvage.

Je caressais doux la terre qui s'effritait et noircissait mes ongles, j'en enfonçais un dans la chair farineuse et juteuse, une petite bulle d'amidon moussait. Je léchais mon pouce, ça avait le goût de toute chose, de l'enfance et du dehors, de la liberté et des bêtes, de la poussière et des mains qui vous caressent. On les a fait rissoler puis on a dévoré les fruits juteux et sucrés qui étaient un orgasme de la langue après des mois de fruits au sirop qui flottent dans leurs bocaux comme des mini-fœtus au formol. Au lieu de leur chair spongieuse, c'était une explosion d'air qui s'engouffrait dans la bouche, à vous trouer la luette. C'est bien simple, même Roq qu'était déjà bourré a dit que ça avait un putain de goût de soleil. Grizzly a souri. Il mangeait doucement, en plissant les yeux, on devinait la montée de sucre sous ses paupières. Il a toujours une manière de vivre son plaisir mieux que les autres celui-là, comme s'il savait mordre l'instant sans lui faire mal.

Le gosse disait rien évidemment. Il a mangé toute son assiette, l'a léchée comme nous mais avec moins de gloutonnerie sensuelle. Ça faisait moins longtemps qu'il avait pas goûté à quelque chose d'aussi frais et rempli de goût qui vous fouettait et vous claquait entre les dents à vous faire gémir comme un chiot tète sa mère. Il mangeait, c'est tout. Il nous observait aussi, de loin. On était tous les quatre autour de la table, Roq, Grizzly, le gosse et moi, mais il aurait été au fond de la cour à nous observer avec les jumelles que ça m'aurait fait le même effet.

À la fin du repas, Grizzly avait pris le relais de mes questions. Sa voix devait être plus rassurante que la mienne parce que le gosse a fini par saisir son carnet et a écrit sur plusieurs feuilles jaunes qu'il avait demandé à être volontaire pour cette mission, que non il avait jamais connu le grand froid jusqu'ici, oui il était très jeune mais il faisait moins que son âge, non, il avait pas de petite amie qu'il laissait derrière lui, il voyait plus sa famille, l'isolement lui faisait pas peur. Il avait écrit tout ça à suivre, sans s'arrêter, et on sentait que c'était déjà beaucoup de nous écrire ça, qu'on n'en aurait pas davantage avant un bon moment, peut-être même jamais. Je devinais que ça agaçait Roq, cette manière de pas vouloir au moins écrire un peu qui il était, ça se trouve on avait des connaissances en commun, l'armée ça crée des liens parfois, mais le gosse a écrit que non, pas de lien.

Grizzly lui a demandé s'il avait emporté des livres avec lui. Le gosse a relevé ses yeux fatigués et a écrit lentement qu'il avait pas eu beaucoup de temps pour préparer ses affaires. Personne a relevé mais tout le monde a noté l'info qui puait l'embrouille. Même Roq qui s'enlevait à la pointe du couteau une fibre de fruit coincée entre ses chicots a levé un sourcil. Le gosse avait rien apporté, à part quand même, il a écrit ça sur son carnet, *une anthologie* de Shakespeare qu'on lui avait offerte il y a très longtemps et qu'il avait jamais lue. Roq a rien dit parce qu'il voulait pas avoir l'air plus con qu'il l'est mais je savais bien moi, qu'il savait pas ce que c'était, *une anthologie*. Shakespeare d'accord faut pas exagérer, même si Roq devait même pas avoir idée que c'était du théâtre alors que moi je me suis toujours demandé pourquoi ces couillons de terriens se divertissent du poids de vivre avec des tragédies imaginaires, mais une anthologie, sûr que non. Et des magazines ? C'était Roq qui demandait. Le visage du gosse a tracé comme un point d'interrogation, ses yeux, son nez, sa bouche disaient qu'il avait pas compris. Roq a éclaté d'un rire mauvais. Putain il y a pas pensé le con. Sur quoi tu crois qu'on se branle depuis des mois ? Laisse-le tranquille a dit Grizzly. Roq s'agitait. J'en peux plus des mêmes nichons, j'ai l'impression de baiser ma sœur à force, et l'autre enfoiré de taiseux là, il y a pas pensé. Le visage du gamin exprimait rien. Il y a pas pensé a marmonné Roq qui avait repris ses travaux de décrassage dentaire au couteau. T'aurais dû bordel, t'aurais dû.

Le lendemain matin, après le thé fumant en tête à tête dans la Centrale, parce que Roq cuvait sa vodka et Grizzly était déjà parti faire ses relevés, quand je lui ai tendu son fusil qu'il allait oublier avant de sortir parce que c'est un réflexe qu'il avait pas encore, toujours avoir son fusil dehors bordel, toujours, quand j'ai vu qu'il l'attrapait comme si je lui avais tendu un bouquet de plomb, j'ai dit au gosse qu'il allait falloir que je lui explique deux trois choses parce qu'on était plus à l'entraînement ici, c'était pas le monde merveilleux de la caserne. C'est le problème avec des recrues aussi jeunes qu'ont les deux pieds dans la même botte, ils y connaissent rien en maniement d'armes. Il s'est assis dans son fauteuil araignée, moi dans le mien et il a tendu son visage toujours aussi pointu avec comme seul arrondi, sous l'œil gauche, sa cicatrice boursouflée qui faisait comme un petit nuage de chair cousue.

D'abord, y a ce que j'appelle les dangers blancs j'ai expliqué. Pour l'instant, t'as encore rien vu du vrai froid, mais quand l'hiver et la grande Nuit vont tomber, faut bien que tu comprennes que c'est une grande claque dans ta gueule de tendron, comme si Dieu te collait une beigne parfum menthe glacée tu comprends ? Il a hoché la tête. Bon. D'abord, il faut jamais marcher trop vite. Jamais. Pour pas glisser. C'est la première règle. Toujours savoir où tu mets les pieds, toujours, et avoir de la lumière avec toi, toujours. Te méfier des congères, des crevasses, des failles, des trous d'eau, toutes les chausse-trapes de la banquise, les deviner dans l'obscurité. Anticiper. Pas te blesser tout court. Tant qu'il fait jour pendant quelques semaines encore, je te ferai faire le tour du propriétaire. Bien sûr, on a un minimum de matériel, des calmants, des attelles, de la morphine, quelques instruments chirurgicaux d'urgence mais à part une formation de base, Roq et moi on n'est pas franchement des as de la couture. Y a peut-être Grizzly qui s'y connaît un peu mieux en corps humain, rapport à ses études, mais c'est rien que de la théorie et je suis pas sûr qu'il tournerait pas de l'œil si l'un d'entre nous s'ouvrait la cuisse à la hache. Des entorses, je m'en suis déjà fait, en vingt ans de Solak. Mais si l'un de nous décide de se faire une fracture ouverte, c'est autre chose, j'ose pas imaginer ce que ça donnerait si Roq devait me faire un ourlet à la couenne. Si vraiment y en avait un qui pissait le sang, y aurait qu'une chose à faire, compresser. Et puis si ça s'arrangeait pas, appeler les terriens et prier la météo de la grande Nuit pour qu'une accalmie permette le vol d'un hélico, ce qui est impossible en vérité, et même si c'était le cas, à coup sûr, ce serait une manière de jamais revenir, ni ici ni à soi tout entier. Et puis y a le froid. Mais j'allais pas lui faire l'affront de le lui rappeler au gosse, déjà qu'il avait son bonnet toujours vissé sur la tête même dans la Centrale, un petit bonnet gris fin sur lequel il rajoutait une de nos grosses cagoules militaires quand il sortait. Pourtant c'était encore l'été façon de parler mais la perf de son nez gouttait déjà quasi en continu.

Si on a la chance de pas crever de froid ou dans une

crevasse, l'autre danger blanc, plus rare, mais qu'il faut pas oublier quand même, c'est le Pater. L'ours blanc. Mâle ou femelle, c'est pareil. Sur Solak, on sort jamais sans son fusil, jamais. Attention, ça veut pas dire qu'il faut forcément lui tirer dessus. Si tu le croises, t'attends de voir comment ça se passe. Parfois ils cherchent juste leur chemin, ils te regardent avec leur tête de faux nounours mais de vrais carnivores et puis ils font demi-tour, ils te snobent de leur gros cul dédaigneux. Mais si tu sens le Pater grognon, alors là, faut pas réfléchir parce que entre lui et toi, c'est tout vu. Il faut que tu comprennes que le bestiau peut peser jusqu'à près d'une tonne et que sous la fourrure épaisse où t'aurais gentiment envie d'enfoncer la main comme dans un bain chaud, se cache un tueur qui t'arracherait le bras avant que t'aies pu armer ton fusil. Le gamin a acquiescé de la tête l'air de dire j'ai compris. J'ai pas parlé du danger gris, il devinerait bien assez vite de toute façon. À un moment ou à un autre, ça le saisirait et le secouerait violent comme un poireau terreux. L'isolement, la solitude, l'angoisse, ça l'asphyxierait. C'est pas rien, l'instant où on comprend ça. Que rien ni personne viendra nous sauver. Qu'on est seul ici. Rien qu'une carcasse chaude sur un continent froid.

Du vivant, mais pas pour longtemps.

## Septembre

Elles ont profité de l'été polaire comme autant de petits vampires assoiffés de soleil qui tapissent le paysage et explosent au sol en taches violettes, jaune d'œuf et ombres rouillées. Ça pétarade de partout, ça se gave de lumière vingt-quatre heures sur vingt-quatre avant de plier les gaules pour se ratatiner bientôt sous le tapis de neige et d'obscurité. Il fait bon pour quelques jours encore, entre zéro et cinq degrés, avec un vrai ciel vivant bleu à peine moucheté de nuages et toute cette végétation qui s'obstine à pousser même si en dessous on n'est pas dupe, le derme gelé de la terre court sous nos pieds, s'étend sur toute la superficie du territoire, une strate froide et imperméable qui persiste à pas se réchauffer. Les herbes de la toundra lèchent toute la côte de Solak, un tapis ras, brunâtre, piqué de drôles de fleurs velues comme des femelles végétales au caractère bien trempé. J'ai un faible pour la ronce petit-mûrier avec ses baies rouges buboniques qui ont de faux airs de framboises. C'est comme si elles me donnaient rendez-vous chaque été, presque une raison de tenir bon, de pas se laisser aller dans le froid et la Nuit si tentants avec leur promesse d'oubli.

Avant que la grande Nuit nous tombe dessus justement et nous enferme à doubles nœuds dans son sac sans fond, j'ai fait faire le tour du propriétaire au gamin. Ça me plaisait bien. Roq venait pas, il gardait la Centrale, se méfiait du muet, travaillait ses peaux et puis expliquer les choses, il s'en fout. Grizzly a du travail par-dessus la tête, il prépare ses instruments pour l'hiver alors on le laisse tranquille.

Les premiers jours, on a arpenté la presqu'île dans les restes du jour polaire et je peux le dire maintenant que tout ça est fini ou presque, je crois bien que le gamin était presque heureux. La Centrale et nos baraques ça fait comme un petit port boueux sur l'estuaire dégelé à cette période de l'année. Au bout, c'est l'océan et tout autour de nous, la toundra. En longeant la côte et en marchant des jours et des jours, en contournant des lacs, des saletés de marécages et des rivières formées par la fonte des neiges, on pourrait rejoindre le monde des arbres qui forme la frontière avec les terriens et nous rattache au reste du continent. Dans notre dos, il y a des basses terres rocailleuses qui se gondolent en montagnes et plus loin en glaciers géants qui indiquent la direction, toujours plus au nord, de la calotte glaciaire permanente et de son tombeau de glace.

En marchant sur le tapis de mousse et d'arbrisseaux en rase-mottes, j'expliquais au gosse les rudiments de la vie ici. Il m'écoutait l'œil fixé sur l'horizon, en évitant de se griffer aux branches des saules nains qui tendent leurs rameaux comme des drôles de petits bras aux aisselles mal rasées. Ici il y a qu'un mot roi je lui disais. S'adapter. S'adapter ou mourir, y a pas d'entre-deux. Il y a le jour et la nuit, faut pas chercher à exister dans les interstices. Je disais ça comme s'il allait me répondre. Son silence était une approbation. Je continuais. C'est pas très compliqué de s'adapter, c'est l'avantage du tout ou rien, de la vie dos à la mort, ça permet un duel sans fioritures ni distractions. Les bêtes l'ont compris depuis longtemps, y a qu'à voir la malignité de leur corps. À côté, on est de vrais babouins parachutés. Quand je pense que même une poule des neiges, une petite perdrix qui roule bêtement de l'œil comme celles qu'on croise depuis tout à l'heure, est capable de perdre sa collerette noire en hiver pour se rendre invisible aux prédateurs, je me dis qu'on peut y arriver aussi. À s'adapter. T'es pas plus con qu'une poule si ? Je me tourne vers lui, essoufflé parce qu'on marche d'un bon pas et que le gosse a de l'endurance malgré la parka, le poids du fusil et l'air froid qui nous rentre perpendiculaire dans les poumons. Il hoche la tête. Sûr qu'il était plus malin qu'une perdrix.

Ce jour-là, j'ai causé comme ça pendant des heures. C'est le problème avec les muets, ils vous laissent dérouler de la pensée en chapelets, j'ai pas l'habitude. Roq, ça l'intéresse pas les mots, il grogne deux trois saloperies quand je bavasse un peu trop ou que j'ai le malheur de montrer que l'été me plonge encore dans un bain d'huile vert tendre. Enfin l'été façon de parler, l'été sans la chaleur mais avec du jour en continu et parfois du soleil en éclats de verre plein les yeux comme ce jour-là. Pourtant sur la presqu'île, c'est souvent brumeux j'explique au gamin. Un brouillard à couper au couteau, qui s'ouvre pas pendant des jours et des jours, à croire que le rideau se relèvera plus jamais. Y a même de la flotte parfois, et alors quand ça se décide à pisser, c'est de la vraie incontinence, du débit à gros bouillons comme si Dieu s'était retenu pendant des mois.

En tout cas, ce jour-là avec le gosse, on a arpenté Solak sous un soleil royal. On a bouffé de l'air pur à se trancher les poumons, pris en étau entre la mer et les crêtes enneigées. Faut avoir englouti de l'horizon et eu sur la langue le sel du vrai silence pour savoir de quoi je parle.

On a longé la côte pendant des heures, croisé des dizaines et des dizaines de bestioles, des renards, des lemmings, des lièvres, des grues, un foutu dépliant de la faune locale, mais aucun Pater bizarrement. On avait emporté de quoi manger un morceau, un vrai petit pique-nique en famille j'ai plaisanté mais le gosse a pas répondu évidemment. Autour de nous y avait que l'immensité fraîche et claire, des rongeurs qui gambadaient et des mouettes qui lâchaient leurs chiures comme des bienheureuses trop près de nous. C'est justement quand on s'est arrêté de casser la croûte façon de parler parce que le vrai pain j'en sais même plus l'odeur, seulement le mot, assis sur deux gros rochers face à la mer qu'on les a vus. Des grosses bosses blanches à la surface de l'eau. Des bélugas en bande j'ai expliqué au môme qu'avait les yeux écarquillés et qui, à un moment, en a pointé deux du doigt en souriant presque. Il ressemblait encore plus au gosse qu'il était quand il s'approchait tout près du bonheur comme ça. Ça a duré qu'un éclair, comme s'il s'était brûlé, mais tout son visage abîmé s'est réjoui malgré lui. Il lâchait pas les bestiaux du regard. Ils reviennent là tous les ans j'ai expliqué, je suis pratiquement sûr que ce sont les mêmes, je peux pas vérifier évidemment, mais chaque année, ils remontent l'estuaire et repartent avant l'hiver. On a fini de manger en regardant les mammifères se gondoler énormes à la surface de l'eau et puis nous aussi on est repartis, faut jamais trop se refroidir.

Sur le chemin du retour, j'avais plus envie de causer. Le gosse marchait détendu pour la première fois je crois bien. C'était pas sa démarche qu'est nerveuse et saccadée, toujours un peu tête baissée comme s'il voulait planter ses cornes dans les tripes du jour. Je sais pas si c'est rapport à l'espace clair immense autour qui nous ouvrait grands le corps et la tête, mais il déroulait ses jambes comme s'il frôlait à peine la surface du sol et rebondissait en évitant autant que possible de piétiner les airelles. On était bien. Et même pas trop emmerdés par les moustiques qui sont surtout mauvais au moment du dégel. À la fin de l'été, même si on en voit de grosses nuées au-dessus des mousses spongieuses, en s'écartant un peu, on évite facile d'en gober un essaim. Le gosse regardait les papillons qui arrivent eux aussi au printemps et par bouquets faut croire. J'ai horreur des insectes. Ça me rend dingue les trucs grouillants volants même si y en a pas beaucoup qui tiennent le coup ici. Mais les vrais parasites ça survit partout, y compris sur Solak. Les blattes, les cafards, les moustiques, les papillons, les araignées, toutes ces saloperies. Grizzly me dirait que les araignées c'en est pas, d'insectes. Je m'en cogne pas mal de savoir leur vraie race. Moi tout ce qui est mesquin comme ça, qui s'accroche à l'œil avec des petites pattes radines qui se glissent là où on pourrait pas mettre un doigt, tout ce qu'on peut pas bien contrôler parce que ça file trop vite, ça me hérisse.

Le gamin avait l'air d'aimer ça lui, il suivait les papillons du regard. Malgré les explications de Grizzly, j'ai jamais compris par quelle saleté de miracle ces bestioles-là apparaissent. Il aime pas ça Grizzly, que je dise miracle. Lui il dit processus, évolution, qu'à la limite je peux appeler ça magie du vivant carrément si ça me chante, mais qu'en réalité ça s'explique scientifiquement, cellule par cellule. Souvent Grizzly s'emballe. Il remonte jusqu'aux dinosaures et même avant pour me raconter les extinctions. Moi je connaissais que celle des dinosaures mais je le contrarie pas quand il est lancé et qu'il te cause ères géologiques comme si sa vie en dépendait. On n'a pas beaucoup de distractions sur Solak et faut le voir s'animer quand il te raconte que des monstres hauts comme quatre fois la Centrale ont crevé en deux secondes et qu'aussitôt d'autres formes de vie sont réapparues et qu'elles ont profité de niches biologiques, aucun rapport avec les chiens, pour se développer à leur tour. Des petits machins de rien du tout, des organismes gros comme une chiure de mouche mais qui se sont accrochés bon an mal an et se sont développés pendant des millions d'années, faut pas être pressé. Grizzly dit même que s'il y avait pas eu l'extinction des dinosaures, on n'aurait jamais eu l'occasion de se développer, nous autres, les bêtes humaines. Après leur disparition, y aurait eu comme une opportunité pour les mammifères qui se sont jetés dessus évidemment, je les reconnais bien là. N'empêche, si des engins pareils ont disparu aussi facilement, je me demande ce que ce sera pour nous. Grizzly hausse ses épaules de biologiste, dit qu'il y aura toujours du vivant, même des parasites infimes qui se développeront et ainsi de suite. Ça a l'air de le consoler un peu de la disparition des humains. C'est fou comment ça s'accroche, c'est increvable le vivant. Le gosse aussi, increvable, il marche, il marche de plus en plus ample, à chaque pas on dirait qu'il laisse des sacs de rage bourrés à craquer derrière lui, ça fait plaisir à voir.

À deux heures de la Centrale, on croise un troupeau de rennes. Le gosse en a déjà vu depuis son arrivée mais cette fois, y en a tellement qu'il sait plus où donner de la tête. Ces bêtes-là, je les aime bien. C'est tranquille. Ça marche à l'économie. Ça cherche pas à en avoir plus que leur estomac peut en contenir. Un peu de lichen qui fermente dans le bide et hop ça suffit à les réchauffer pour l'hiver. Sûr qu'ils ont pas besoin de s'agiter comme nous, avec leur petit poêle végétal au creux de l'estomac, je parle même pas de leurs sabots qui sont les meilleurs crampons conçus pour pas s'enfoncer dans le sol. S'adapter je lui disais au môme. Même de là où on se trouve, on distingue le velours de leurs bois. Le gamin les caresse du regard sans deviner que ces œuvres-là c'est une foutue arme en cas d'attaque. Le troupeau devrait d'ailleurs pas tarder à repartir avant l'hiver, comme les bélugas, mais en attendant, il broute paisible. On marche encore une paire d'heures parmi la basse-cour sauvage, les renards qu'ont pas encore viré immaculés et les lemmings qui vont d'un trou à l'autre en nous filant jusqu'entre les jambes, pourvu que s'y trouve pas un harfang pour en faire son dîner. On marche sans avoir à utiliser notre fusil une seule fois. On marche contents, animaux parmi les animaux.

Le soleil brille encore et toujours mais il est déjà tard quand on finit par apercevoir le camp qui est comme un village miniature déposé au bord de l'estuaire, à la pointe de la presqu'île. La Centrale fume, les baraques penchent pliées par la main du vent. Autour, il y a le bazar des planches qui traînent, les treillages des claies avec les silhouettes qui sèchent mortes régulières, des caisses, des peaux tendues, des tas de petit bois, le gros billot central avec sa hache plantée et puis, juste à côté, au centre de la cour, le mât dressé avec notre drapeau tout déchiqueté qui flotte au vent comme un vieux caleçon usé.

Avant de regagner la Centrale, je me retourne et j'aperçois la tristesse du retour dans le regard du môme. Il a tout juste l'air de découvrir qu'il faut toujours s'arracher à la beauté.

Quatre balles en pleine tête. Le rouge gagne. Ceux qu'on dit blancs sont gris et les bleus sont marron. Ils éclaircissent un peu l'hiver mais deviennent jamais complètement neige, un peintre y retrouverait pas ses petits.

D'habitude Roq va plus loin mais ce matin-là, quelques jours après notre grande virée avec le môme, la mère et ses petits étaient presque arrivés jusque dans la cour de la Centrale alors Roq en a profité, tu m'étonnes, ça lui évite de marcher trop loin. Quatre balles, pas une de plus, il est bon ce con. À croire que tout ce qui manque dans sa caboche, il l'a dans la rétine. J'étais dans la Centrale avec le gosse qui écrivait je sais pas quoi sur son foutu carnet. Il était tôt encore, la bouilloire fumait et on se pressait pas avant la corvée de fagotage qu'on avait prévue. Grizzly était déjà parti vers le glacier pour y installer sa nouvelle sonde, il préférait y aller seul même si c'est quand même une petite expédition. Peut-être que Roq aurait pas fait ça devant la Centrale si Grizzly avait été dans les parages. Toujours est-il qu'on a entendu quatre coups claquer dans l'air et qu'en sortant de la Centrale pour voir si c'était un Pater, on a vu les bestioles au sol. Roq s'affairait déjà à les traîner vers la Tanière, la baraque la plus isolée de Solak, pour pas que l'odeur nous empeste.

Là-dedans, depuis des années déjà, il a organisé un petit abattoir maison et une tannerie où il dépiaute les bêtes pour nos réserves de nourriture et son petit trafic de fourrures. C'est un malin Roq, con comme une mouette mais malin quand même, comme quoi faut pas dire du mal des mouettes. Une fois par an, au moment du ravito, plusieurs caisses du container remontent des paquets de peaux mortes et lui apportent en retour un petit matelas de billets pour ses vieux jours, comme si les jours avaient un âge. Y avait déjà une bande d'oiseaux qu'avait repéré la cervelle étalée et qui commençait son ballet de charognards au-dessus des bêtes crevées. Sur le seuil de la Centrale, le gosse pâlissait raide. Roq faisait des allers-retours pour porter le corps de la renarde et de ses petits jusqu'à la Tanière et laissait derrière lui de grosses auréoles brunes et poisseuses. Les renardeaux étaient trop jeunes, y aurait à peine de quoi faire des chaussons. T'en fais pas j'ai dit au gosse qui bougeait pas, c'est pas ça qui manque par ici. Le gamin a pas cillé et moi je pensais que Roq allait avoir les gants tellement dégueulasses que s'il les lavait pas mieux que la dernière fois, ce serait encore une infection. C'est pas que je sois un nez fin mais j'aime pas bien l'odeur de la mort. J'ai dit au gosse qu'il fallait rentrer parce que la porte ouverte allait nous glacer la Centrale en deux minutes. D'un coup il s'est précipité dehors, sans parka ni fusil, bordel. Je l'ai suivi en lui gueulant dessus, hé le gosse, ça va, calme-toi, reviens là, mais j'arrivais pas à le rattraper cet abruti. Je lui gueulais dessus, tu vas pas les ressusciter tu sais, mais c'était comme s'il m'entendait pas. Je l'ai rattrapé à l'entrée de la Tanière, en nage, je suis trop vieux pour ces conneries.

J'ai eu peur qu'il provoque Roq mais il s'était arrêté dans l'encadrement de la porte. Faut dire que, surtout de bon matin, ça puait à vous soulever les tripes là-dedans. Avec toutes les peaux entassées qui faisaient comme des tapis morts, y avait une odeur d'horreur et de viscères qu'avait tout imprégné depuis longtemps.

Des dizaines de fantômes de bêtes nous regardaient depuis leur crochet. Ce qu'il avait pas pu refourguer au dernier ravito flottait dans l'espace, des peaux de renard argenté surtout, mais il y avait aussi du loup, du petit gibier et pas mal de rennes dont les bois étaient entassés en vrac par terre comme de vieux fagots emmêlés. Quelques peaux de Pater tendues moelleuses sur le mur du fond. On s'habitue à tout, mais le gamin était tout neuf et regardait Roq poser le paquet de renards crevés sur le billot. Roq a relevé la tête, mégot au bec, avant d'aboyer fermez la porte bordel. Le gosse bougeait pas. Le visage de Roq s'est tendu. Qu'est-ce qu'y a encore ? Il m'a regardé en désignant le gosse. J'ai levé les yeux au ciel. Roq a empoigné son couteau de chasse. Il l'a planté propre dans le ventre de la renarde qu'il a ouvert avant de s'attaquer à ceux des petits. Le gosse s'est retourné et a tout dégueulé à un mètre de l'entrée. Je l'ai aidé à se relever et à revenir vers la Centrale.

Quand on est rentrés au chaud, il s'est écroulé dans son fauteuil, groggy un moment et puis il a saisi son carnet pour y écrire quelque chose mais avant de me le montrer il a arraché la page, l'a chiffonnée avec rage et l'a foutue au feu. J'ai haussé les épaules. J'aurais pas eu de réponse à sa question de toute façon, alors j'ai refait du thé puisque Grizzly était pas là.

Il allait bien falloir qu'il s'habitue à la viande éviscérée le môme. Qu'est-ce qu'il croyait manger pendant la grande Nuit ? C'est pas les conserves de l'armée qu'allaient lui maintenir le sang vif. Roq est un chasseur-né, c'est comme ça, y a qu'à voir la sève d'impatience qui lui monte aux joues chaque printemps, ça lui laque les yeux de désir. Faut le voir piaffer et jubiler tout seul dans ce paradis de bestioles qui demandent qu'à être abattues, un genre de grande fête foraine sauvage organisée rien que pour lui.

Au fil du temps, il a perfectionné ses techniques de découpe pour sauver la viande, la parer comme il faut, un vrai petit autochtone. La première fois qu'il a ramené un renne seul, c'était bien avant Igor. Il avait abattu la bête pas loin du camp, au printemps, une femelle isolée qu'avait dû s'éloigner du troupeau et qui traversait la petite rivière qu'on appelle le Ru, au nord-ouest de la Centrale. Je le vois encore arriver dans la cour en tirant les cordes de son chargement sur ses épaules de boxeur. La femelle devait faire pas loin de cent kilos, elle se vidait encore de son sang, attelée au traîneau qu'il tirait sur la mousse et les cailloux. Il m'avait appelé à la rescousse pour finir de tracter le chargement jusqu'à la Tanière où on avait soulevé la bête à deux sur le billot. Depuis le temps, moi aussi je connais les gestes pour dépecer efficace mais j'ai jamais aimé ça, alors que Roq, faut croire qu'y a un truc pas net dans sa tête avec toute cette chair étalée sous lui qui lui allume les yeux comme deux briquets dans la nuit.

C'est un sacré boulot faut reconnaître, surtout le grand gibier, très physique parce qu'on peut pas attendre que la viande se mette à puer, vire verdâtre ou collante, sans compter qu'il faut dépecer très vite si on veut que la peau garde ses poils. Et ça, Roq savait s'y prendre pour dépouiller rapide. Il jouait du couteau et du racloir avec agilité, concentré, les mains plongées dans les entrailles glissantes de la bête, des giclures plein le visage, qui lui faisaient comme de fausses grosses larmes de carnaval. Il avait les bras, le cou et son tablier de découpe couverts de projections et de liquide poisseux comme s'il s'était plongé tout entier dans un bidon de peinture sanguine. Il saisissait les abats à pleines mains, en remplissait des seaux entiers avant de s'en débarrasser dans l'estuaire pour pas attirer tous les Pater du coin à la fois. Il taillait de grands morceaux mal appliqués puis de vraies belles pièces de boucherie, ça en foutait partout, des boyaux, des organes, des os, du gras, des morceaux informes et Roq finissait par disparaître sous les carcasses des bêtes, englouti dans leur ventre, un artiste en pleine création, un de ces illuminés en transe au milieu d'une scène baignée de sang qui faisait comme un grand opéra de viande, un vrai grand beau massacre sans spectateurs. Pour le salage et le séchage, je lui prêtais la main. Ça l'intéressait pas cette partie-là, sans doute parce qu'on est déjà moins un pied dans le meurtre mais plus les orteils dans la cuisine. Je prenais le relais pendant qu'il finissait de travailler les peaux. Il s'affairait à les clouter sur le mur extérieur de la Tanière, jusqu'à ce que ça fasse une belle rangée de prophètes à fourrure qu'il laissait sécher en plein vent pendant deux jours avant de les ramasser, de les nettoyer, les frotter, les laisser sécher une nouvelle nuit, puis les racler, les membranes superficielles et de plus en plus profondes, en faisant gaffe à surtout pas percer la peau, surtout pas, puis les graisser avec une mixture à l'odeur infâme même pour un vieux bouc comme moi. Je parle pas du nettoyage que ça demandait ensuite, des litres et des litres d'eau pour rincer le billot et tout le bordel ensanglanté autour, à commencer par lui.

Pendant que Roq s'enfonçait jusqu'aux oreilles dans ses précieuses carcasses, je gardais quelques pièces fraîches pour un ragoût et je m'attaquais au salage et au séchage de la bidoche qu'on conservait comme ça avant la glace. C'est pas que ce soit pénible de rouler la carne dans le sel, de l'emmailloter dans du tissu comme un drôle de nouveau-né sans visage, de refaire ça pendant des jours et des jours, vérifier l'écoulement du sang, l'état de la conservation, mais j'y ai jamais vu grand intérêt parce que j'ai toujours été fainéant. J'ai vite compris que le gosse, tout nerveux et coriace qu'il était, m'aiderait pas. Qu'il préférait crever que d'avoir affaire à toute cette chair sanguinolente, encore plus après la scène des renards qui l'avait beaucoup trop retourné alors que Roq les tuait uniquement pour leur fourrure ceux-là, puisqu'on les mange même pas. On pourrait. Mais faut quand même avoir le dentier au fond de l'estomac pour mordre dans un truc pareil dont l'odeur vous ramone les narines pire qu'une colonie de cadavres rampants.

C'est une infection le renard, ça digère le sang cru ces bêtes-là. Et puis même sans être superstitieux, j'ai entendu trop d'histoires sur ceux qu'avaient osé bouffer de leur chair noire et qu'étaient devenus cinglés après coup, comme si le sang de la bête avait fait le grand huit dans leur tuyauterie avant de leur faire remonter pleine balle la sauvagerie au cervelet. Igor en avait goûté par exemple, pauvre Igor. Il disait qu'il voulait essayer au moins une fois, alors il avait surmonté l'odeur de putréfaction, paix à son âme.

Je lui ai plutôt montré la pêche au gosse. Je préfère la chair des poissons et même celle, grasse et élastique, de ces gros couillons de phoques. Et puis je dois avouer que j'ai tout simplement plus de goût pour ce que j'ai tué moi-même. Depuis le temps, je sais où placer mes filets dans l'estuaire ou sur le Ru, j'ai des intuitions. Je connais les lumières, les courants, les plaques de gel. Je connais la presqu'île comme ma poche. Alors pendant des jours et des jours, j'ai expliqué au gosse, et j'avoue que j'aimais bien ça. Il apprenait vite, même si passait parfois sur son visage toujours hargneux une faiblesse, un filtre aussi léger qu'une ombre, un relâchement comme un lâcher-prise de son intérieur meurtri, quelque chose qu'il voulait cacher et que je relevais pas parce que c'était peine perdue, je connais trop les hommes.

Quand le gosse est arrivé à Solak, j'avais déjà fait une bonne partie des réserves de la pêche printanière mais il était encore temps de glisser tranquille sur le Ru dans mon canot biplace et d'attraper des bancs d'omble ou de flétan.

On remontait le Ru qu'est peu profond dans le coude qu'il forme au-dessus du camp, on ramait lent. Autour de nous, y avait que l'immensité et le silence qui glissaient, la toundra bouffée de baies multicolores, les glaciers plantés au loin et les bêtes blasées sur les berges, un Pater pataud de temps en temps qui marchait tranquille sur ses grosses pattes de nageur confirmé et qui nous tournait le dos pour mieux nous montrer son gros cul boueux. Seuls les cris des oiseaux venaient percer la bulle du temps. Les oies étaient déjà reparties, le gosse connaîtrait pas leur goût ni celui de leurs œufs frits, au printemps prochain peut-être je pensais, si on tenait jusque-là.

De retour au camp, je lui ai montré comment vider rapide les poissons. Malgré le froid, j'aime bien m'installer dehors, sur des caisses face à l'estuaire. Très vite, on a une nuée de mouettes hystériques au-dessus de nous mais j'adore ça moi, creuser la poiscaille au grand air, sentir les écailles glisser entre mes mains rouges et glacées, vider, nettoyer, ouvrir large le visqueux et puis le pendre bien ordonné aux claies de séchage, derrière la Centrale.

Je suis pas allé chasser le phoque avec le gosse, j'avais bien compris qu'il aimait pas trop ça, saigner les bêtes, et puis on avait ce qu'il fallait en réserve. Au printemps jeune, j'en avais déjà tué trois. Trois gros pépères qui avaient passé l'âge de blanchon depuis un bail. Du beau boulot, on aurait de la graisse et du steak de mer pour tout l'hiver. C'est exténuant mais grisant cette chasse-là pour une vieille serpillière comme moi : d'abord repérer les gros corps qui luisent au soleil, étalés contents sur les pièces du puzzle blanc, les approcher prudent sur la glace qu'il faut piquer à chaque pas pour en vérifier la solidité sans jamais, au fond, avoir la certitude que le sol va pas s'ouvrir sous mes pieds, et puis construire un affût en sciant quatre ou cinq gros blocs de glace, des rectangles de sucre qui se détachent nets du sol en plein dégel et derrière lesquels je me planque pendant des plombes.

J'y écoute les bruits étranges d'ici, les couineries intimes de la banquise, la basse continue de l'océan sous le concert de cris, de couacs et de crissures de sa surface désaccordée. J'écoute. J'attends qu'une de ces grosses limaces dérive sur son petit transat de glace avant d'accoster à portée de gourdin. C'est ma partie du contrat. À Roq les bêtes terrestres, à moi les marines. C'est pas que ce soit moins dégueulasse qu'un renne à dépouiller, ça finit sanglant pareil, mais c'est quand même un autre genre de frisson d'assommer un phoque de ses propres mains. Trois gros coups portés à la base du crâne, à l'aide de la massue que je me suis fabriquée maison, un gros rondin avec crochet métallique vissé à l'extrémité, en guise de percuteur, ça a le mérite de couper net la lumière dans le cerveau inférieur. Après, y a plus qu'à saigner la bestiole et la dépecer, même si leurs carpettes de poils courts et gris, je les laisse volontiers à Roq pour son petit trafic, y a toujours des amateurs.

La seule chose dont il faut se méfier, c'est qu'il y a rien qui attire autant le Pater qu'une dépouille huileuse. Ça leur fait frémir les moustaches à des kilomètres. Je lui ai expliqué ça quand même, au gosse, que même dans la réserve de la Centrale, faut bien reboucher les pots de graisse de phoque si on veut pas se retrouver un beau matin encerclé de Pater affamés. À y repenser, faut croire qu'il l'a drôlement bien entendu ce conseil-là, le gamin muet mais pas sourd.

Grizzly profite qu'on soit qu'au début de l'embâcle pour travailler encore plus, sans compter qu'il apprécie pas beaucoup notre compagnie, c'est peu de le dire. Alors tant qu'il peut sortir avant la grande Nuit, il se prive pas de nous fuir. On le voit pas de la journée, que le soir, au moment du repas. Il parle peu, sauf pour évoquer des histoires de températures, d'humidité, ces jours-ci de salinité et de pression. Roq, le gosse et moi, quand on n'est pas occupés par la chasse ou la pêche, on répare et on consolide les baraquements. Le toit de la Centrale est pourri à certains endroits alors on passe pas mal de temps dessus. C'est Roq qui monte là-haut à vrai dire, le gamin et moi on lui passe les planches, les outils, les clous, on lui tient l'échelle, on fait contrepoids, on déblaie. Il a fallu dépointer et enlever les vieilles planches, les tôles rouillées, retailler et scier de nouveau pour faire le montage le plus solide possible.

Depuis l'histoire des renards, le gosse est encore moins causant quand Roq est là. Disons que pour un gars qu'était déjà muet, il est encore monté d'un cran dans l'encoquillement, une vraie huître en parka. Il zippe sa veste jusqu'au-dessus du menton, descend son double bonnet jusqu'aux sourcils et laisse se promener sur nous que son nez pointu et ses yeux d'acier avec la cicatrice boursouflée comme unique ponctuation. Le peu qu'on devine de son visage est tiré, une gueule de rideau fatigué. Comme il cause pas, c'est pas facile de savoir comment il va. Et puis il est sec comme une trique sous sa parka, va pourtant falloir qu'il se remplume s'il veut pas que ce soit le froid qui croque dans sa chair de Petit Poucet et le dévore tout cru dès le début de l'hiver.

Depuis quelques jours, y a un Pater qui rôde autour du camp. Roq est aux aguets. Il voudrait bien compléter sa collection avant la fin de la saison. L'autre matin on a aperçu le Pater à travers la meurtrière. Il marchait en boitant léger au bord de l'eau, à quelques dizaines de mètres de la Centrale. C'est Grizzly qui l'a vu parce qu'il boit toujours son thé en regardant par la meurtrière qui nous sert de fenêtre, comme s'il observait le spectacle d'une rue imaginaire. Il a écarquillé les yeux et a pas pu s'empêcher de pousser une bouillie d'exclamation. Pas très fort, parce que sans même avoir eu le temps d'y réfléchir, il cherchait à sauver la peau du Pater boiteux. Mais Roq qui finissait une conserve à même la boîte a gueulé quoi ? Rien. Comment ça rien ? Roq était déjà debout. Coup d'œil par la meurtrière. Le Pater longeait l'estuaire. Roq a attrapé sa parka et son fusil, il était déjà dehors.

On l'a regardé courir vers l'estuaire, courbé entre les planches de la cour. Le Pater semblait pas l'avoir remarqué. Une occasion comme ça, c'était trop beau. Pas besoin de harnacher la bête sur un traîneau et de s'échiner à la traîner à plusieurs jusqu'au camp. Grizzly, le gosse et moi, on était tous les trois sur le seuil de la Centrale maintenant. Le vent en pleine face, on le regardait s'avancer sur la pointe des pieds, plié en deux comme une drôle de danseuse à fusil pour pas effrayer le Pater boiteux qui s'était arrêté au bord de l'eau, visiblement intéressé par quelque chose. Quand Roq est arrivé suffisamment près du Pater pour être sûr de pas le rater, on l'a vu s'agenouiller doucement, pointer lent son fusil vers la bête qu'a aussitôt plongé dans l'eau glacée. Un gros plouf. La détonation a claqué au moment où la moumoute beigeasse disparaissait dans l'eau. Roq a vomi un tas d'obscénités qu'on devinait même depuis le seuil de la Centrale.

On l'a laissé dégorger sa colère, agenouillé comme un couillon sur la rive et on est rentrés au chaud. J'ai croisé le regard du gosse et de Grizzly qui souriaient des yeux tellement de la même façon que c'en était frappant. Quand, plus tard, Roq est rentré rageux dans la Centrale, il s'est retenu de s'en prendre vraiment à Grizzly qui l'avait pourtant prévenu, trop tard. C'est comme ça depuis le début entre eux, y a comme un pacte de non-agression, fragile mais qui existe.

Roq était arrivé sur Solak bien avant Grizzly et notre petit scientifique avait très vite compris qu'il pourrait pas changer certaines choses sans s'en prendre une de balle lui aussi, s'il continuait à trop échauffer Roq avec le sort de ces pauvres bestioles qu'avaient peut-être rien demandé au bon Dieu, mais lui non plus putain, gueulait Roq en crachant son mégot par terre. Fallait voir la tête de Grizzly les premières fois, quand Roq revenait de ses expéditions de chasse. Y a eu de grandes discussions, des gueulantes terribles. Une fois, pas longtemps après l'arrivée de Grizzly, bien avant le gosse, ça avait même vraiment failli tourner à la tripaille fumée.

Roq ricanait souvent en regardant Grizzly bosser jusqu'à pas d'heure sur ses courbes et ses graphiques. Il marmonnait rageusement des saloperies que sa bouche pond plus vite qu'un cul de poule en batterie, bordel à quoi ça sert ton merdier, tu te prends pour le sauveur de l'humanité, tu sais qu'on va tous crever au moins, bref, il s'amusait. Grizzly en avait pris son parti, mais ce soir-là je sais pas pourquoi, il était sorti de son silence scientifique.

Il avait lentement laissé tomber d'une voix plate tais-toi Roq, en même temps que son crayon sur la carte étalée devant lui. Roq en revenait pas d'avoir réussi. Ses yeux avaient roulé comme des boules de billard qui exultaient d'avoir ferré aussi facilement le grand sage de mes deux. Ravi, il fixait Grizzly. Le pli teigneux de sa bouche, c'était comme la gueule ouverte de la bêtise qui bavait d'impatience. Moi je découpais mes journaux et j'ai juste pensé que Grizzly était moins malin que prévu. Ce couillon-là d'idéaliste a lancé Roq sur le sempiternel débat de notre place ici, attention, notre place dans le monde carrément, tout de suite les grandes idées, les gros mots, l'existence, pourquoi on naît pourquoi on meurt, qu'est-ce qu'on peut bien foutre entre les deux, ajouter sa pierre à l'édifice, le bien commun, donner un sens, comme si tout ça avait une direction. La réponse de Roq je la connaissais et j'avais pas envie d'assister à ça.

Le problème c'est que les gens comme Grizzly savent pas lutter avec les vraies brutes qui ont jamais touché une goutte de nuance de leur vie alors que Grizzly a appris à nager dedans depuis sa tendre enfance, à croire qu'il en avait toute une piscine à la maison. Grizzly sait peut-être beaucoup de choses mais pas que pour gagner, il faut pas craindre la violence mais l'aimer. Il continuait à parler, sans deviner la jouissance de Roq dont j'entendais pourtant déjà déferler la rivière souterraine. Grizzly déballait ses réflexions de Viking de la pensée, de valeureux combattant à valeurs et principes sans comprendre que les idées de Roq étaient des tiques hargneuses qui lâchent jamais le bout de haine qu'elles ont accroché. Celles de Grizzly volaient nobles et gracieuses comme des putains de hérons à la splendeur inhibante pour nous autres, petits morbaques de l'intellect. Moi ça va, ça fait longtemps que je suis en paix avec ma tronche d'ignare, mais Roq c'est différent, ses tiques ont faim, jamais rassasiées, et elles allaient pas supporter qu'un enfoiré de héron climatologue leur fasse de l'ombre. Qui a dit que c'était forcément la grosse bête qui mangeait la petite ? Ça l'excitait au contraire Roq, le réveil de l'élégant. Il jappait à l'idée de se farcir un de ces intellos qu'il vomissait. Il a feint d'écouter deux minutes en affûtant ses crocs, ça me faisait pitié d'avance ce combat inégal. J'aurais pu le lui dire à Grizzly, que la défaite des tendres tient tout entière dans la croyance qu'ils ont qu'on peut battre un chien enragé dans un duel au fleuret, l'espoir que la raison et la finesse pourront embrocher la violence avec de la dentelle de mots, tout ce fatras que Grizzly était en train de déblatérer à la gueule de Roq qui buvait du petit-lait noir. Misère. J'avais pas envie d'assister à ça, et pourtant je restais le cul dans mon fauteuil, près du poêle, ciseaux en l'air. Grizzly était en train d'argumenter sur quelque chose en rapport avec la nécessité de se grandir, un truc sur notre responsabilité d'être humain quand Roq a arrêté de jouer. Il a saisi mes ciseaux à la volée, les a plantés nets dans la table, à deux millimètres des doigts de Grizzly, pendant que de son autre main il le saisissait à la gorge et l'étranglait en lui susurrant, au plus près de la bouche, la prochaine fois c'est dans la carotide, c'est bien comme ça que ça s'appelle, monsieur le professeur ? Grizzly est devenu rouge violet. Roq a serré encore un peu avant de relâcher sa gorge comme on jette une serpillière. Pendant que Grizzly reprenait son souffle, Roq a mis sa parka et est sorti en remuant la bouche.

C'est pour ça que je crois pouvoir dire qu'il y avait comme un pacte entre eux depuis ce soir-là, un accord qui valait surtout pour Grizzly mais qui stipulait en gros qu'ils évitaient mutuellement l'agression, même si c'était pas pour les mêmes raisons. Grizzly parce qu'il avait tout connement peur pour sa vie et avait enfin compris qu'aucune digue de mots peut contenir une violence décidée à déferler. Et Roq parce qu'il s'en foutait bien de tuer ou pas Grizzly, s'il en avait vraiment envie, il le zigouillerait point final. Mais il savait aussi que je serais obligé de prévenir les terriens, quoiqu'il pourrait me tuer aussi mais, un jour ou l'autre, il lui faudrait rendre des comptes et ça, c'était pénible. Pas insurmontable mais pénible, si bien que, sans pouvoir se sentir, ces deux-là savaient que leur survie, ou du moins leur tranquillité, était suspendue au crochet de l'autre. Comme quoi, même si on est toujours seul avec soi, et encore plus dans un endroit comme Solak où on touche franchement la solitude à l'os, j'en sais quelque chose, faut croire qu'on l'est jamais complètement.

Tout ça c'était déjà vieux, mais le matin du Pater boiteux que Roq avait raté à cause de Grizzly, ça a refoutu une tension pas possible entre eux. Roq s'est servi un thé fumant qu'il a bu d'une traite à s'en brûler le gosier, et puis il est ressorti sans rien dire, ça devait être trop à supporter, le silence victorieux du gamin qui disait rien évidemment mais qui se tenait ravi à table, devant son carnet ouvert.

Les jours qui ont suivi, Roq a pas arrêté de grommeler qu'il l'aurait cet enfoiré de Pater boiteux, un géant en plus. Petit à petit, la brouille a été ensevelie quelque part entre deux couches d'oubli nécessaire, comme on tarderait pas à l'être nous aussi de toute façon. Mais j'ai continué à entendre Roq faire des rondes le soir, et même à s'aventurer plus loin au bord de l'estuaire, obsédé par ce Pater qu'il arriverait bien à abattre, il s'en faisait une fierté maintenant, peut-être même un destin à court terme, une espèce d'acte nécessaire à accomplir pour l'épingler au tableau de chasse de son existence.

De jours rasants en déclinants, la grande Nuit allait pas tarder et faut croire que le gamin avait hâte, à force de nous entendre dire mets-en-toi plein la rétine du soleil et du ciel bleu scalpel parce que quand la nuit arrive, c'est pas la même liqueur, c'est comme si le noir te coulait plein jus dans les veines. Le gosse hochait la tête comme un bon élève qui dit j'ai compris même si ça se comprend pas des choses comme ça, j'aurais voulu le lui dire mais on est toujours arrêté à la frontière de l'autre.

En attendant, le gosse s'est drôlement bien adapté au jour continu. Ça a pas eu l'air de le déranger du tout, comme s'il avait connu ça toute sa vie le soleil de minuit. Il a jamais fait comprendre que ça l'empêchait de dormir alors que je me souviens moi, il y a vingt ans, j'ai cru que j'allais devenir dingue avec cette putain d'étoile qui respectait pas les codes et brillait brillait brillait sans jamais fermer sa grande gueule de lumière. Et puis l'inverse après, avec la nuit polaire qui tirait sur tout un rideau opaque sans jamais daigner l'ouvrir ne serait-ce qu'un petit peu, à vous faire patauger dans une soupe de café noir en plein midi.

Fin septembre, quand tout a été prêt pour la grande Nuit, que les réserves de nourriture et de petit bois de chauffe étaient faites, que les toits étaient réparés, les parois des baraques consolidées, les générateurs révisés, que Grizzly avait protégé ses sondes les plus fragiles, que la cour était à peu près déblayée avec son billot et son mât en plein milieu où flottait la raison de notre présence ici, j'ai proposé aux gars de se faire un bain de minuit façon de parler. Il s'agissait juste de veiller un peu tard pour voir le soleil nous feinter une dernière fois cette enflure. Faire semblant de plonger vers l'horizon et puis non. Tout le monde a acquiescé.

On a attendu dans la Centrale toute la soirée et puis un peu avant minuit, le ciel était dégagé, on a mis nos parkas, nos lunettes et on est sortis au soleil de la nuit. On a marché un bon moment jusqu'au petit promontoire qui surplombe le camp et qu'on appelle le Menton parce que c'est une petite colline fière en galoche.

On s'est assis sur la mousse et la caillasse et on a regardé l'arnaque solaire une dernière fois, droit dans les rayons. Roq a un peu cherché Grizzly en lui demandant s'il avait pas un truc intelligent à dire vu que c'était quand même un peu le poète de la bande. C'était sa façon à lui de dégeler l'atmosphère et c'était suffisamment rare pour pas en profiter. Grizzly l'a bien compris, il a répondu que non mais que si on voulait, il pouvait nous faire un topo sur l'axe de rotation de la planète qui faisait que le pôle Nord se retrouvait le nez pointé tout l'été vers le soleil d'où le tête-à-tête aveuglant de plusieurs mois, rapport à je sais pas quelle tangente, mais que sinon les mots lui manquaient. Roq s'est tourné vers le gosse en ricanant, toi aussi j'imagine les mots te manquent. Le gosse a pas bougé. Mais après quelques minutes, il a sorti son carnet et tracé quelque chose rapidement. Un soleil avec une grosse larme. On a tous rigolé. Tout le monde s'est tu après ça. On regardait le soleil qui virait un peu sanguin même si je me demandais si c'était pas un effet de mon imagination. Un bout d'orange nocturne suspendu à l'horizon a semblé baisser un peu puis remonter. Pour bien s'en badigeonner les orbites, on a tendu peaux et yeux derrière nos lunettes de témoins inutiles.

Au bout d'un moment, on a compris que c'était bon. C'était fait pour nous, même s'il en restait encore quelques-uns à effilocher. L'adieu aux jours.

# Octobre

Ça faisait des semaines que l'hiver et la grande Nuit marchaient côte à côte pour venir jusqu'à nous. À pas de cristaux, l'hiver était arrivé le premier. Depuis le temps, je reconnais chaque étape et moi aussi si je voulais je pourrais faire un exposé aussi savant que celui que Grizzly a pondu au gamin. Fallait le voir s'enflammer sur le frasil, montrer au gosse l'énorme paquet de paillettes blanches qu'était devenu l'estuaire une fois que l'enclume du vrai froid nous est tombée sur le crâne au début du mois, saloperie, ça vous assomme d'un coup l'hiver arctique, et puis le nilas, la grosse pellicule de glace souple comme une peau de lait givrée et flottante qu'allait pas tarder à se solidifier pour de bon et devenir de la bonne grosse glace de banquise bien épaisse.

Je l'écoutais de loin Grizzly, le gosse hochait la tête sous son bonnet et je commençais à deviner ce qui poussait entre ces deux-là. Le gamin a suivi Grizzly pendant des jours pour l'aider à transporter du matériel. Ça fait pas partie de ses attributions militaires mais comme on a pour ainsi dire plus grand-chose à faire à partir de maintenant que de s'atteler à pas crever, j'ai laissé faire, j'avais pas le cœur à tuer la petite lueur qui naissait dans son œil d'habitude si froid et mordant au gamin. Il attendait que ça, la grande Nuit et l'hiver. Peut-être bien qu'il voulait défier la puissance de la nature, se mesurer à elle, une connerie dans le genre. Ou peut-être bien qu'il était juste venu chercher l'oubli, le vide et l'anéantissement, c'est plus probable. Mais y a loin du fantasme du grand frisson à la réalité de Solak, qui est rien que du néant au fond d'une grande bouche de froid. Il croyait savoir mais il y connaissait rien le môme, aux moins trente degrés, au gel qui vous entaille les os et les gencives, à la nuit si longue qu'on devient un peu mort vivant quelque part en soi, un peu comme un long voyage aux Enfers en compagnie de ses fantômes. Est-ce qu'il avait conscience de l'avalage que c'était ? Sûr que non, pas la moindre idée. Faut avoir descendu jusqu'au bout le labyrinthe de ses propres intestins, reniflé l'odeur de sa propre mort, embrassé la vraie solitude avec son haleine de renard crevé pour comprendre ça.

En attendant, le gosse suivait Grizzly comme un petit chien nerveux, toujours nerveux. Son visage s'intéressait, écoutait, apprenait. Roq se marrait de loin, les traitait de pédales pour rigoler mais ça les faisait pas rire. Le gamin lui plantait ses yeux d'acier au milieu du front, sa cicatrice palpitait. Même Grizzly l'envoyait bouler, sans trop s'énerver, avec un ton qui disait toujours un peu la peur mais aussi à quoi bon comme si de toute façon Roq était trop con pour comprendre, ce qui était pas faux, ou que Grizzly manquait de temps pour l'ampleur de la tâche et là, faut pas exagérer, parce que du temps on allait en avoir.

Un matin, avant que la banquise entame son processus d'épaississement comme on allait nous aussi s'ensevelir sous des couches et des couches de vêtements et de silence, on est sortis chacun de notre baraque pour aller vite fait à la Centrale. Le matin c'est toujours dur parce que nos baraques ont beau pas être très chaudes, c'est pire de traverser la cour du camp dans l'air glacé du dehors qui vous fout à poil d'un coup sec comme on retire au lièvre son pyjama. Quand on est sortis, dans le demi-jour qui respirait encore, y avait un drôle de spectacle à nos pieds.

Les bords de l'estuaire étaient couverts de milliers de grosses boules de bowling de glace grise. J'ai déjà vu ça plusieurs fois mais les autres c'était leur première. Une forêt de couilles géantes a beuglé Roq mort de rire et même Grizzly et le gosse ont souri. Faut dire qu'on pouvait pas penser à autre chose en regardant ces énormes burnes de glace roulées là par des vaguelettes tripoteuses. J'aurais pas su dire si c'était beau ou affligeant, peut-être bien les deux. Les jours suivants façon de parler parce que ça puait la banqueroute diurne à plein nez, on a moins rigolé, le froid s'est encore accentué. Les couilles de glace ont disparu, les centaines de crêpes blanches qui recouvraient l'eau se sont soudées, la bouillie qui flottait encore s'est figée et épaissie. L'air dehors nous attaquait chaque heure un peu plus, les températures s'enfonçaient dans les valeurs négatives. On sortait pratiquement pas de nos baraques ou de la Centrale, sauf Grizzly suivi du gosse qui vérifiait l'état des plateformes de mesures flottantes qu'il avait posées à certains endroits stratégiques de l'estuaire et qui devaient passer l'hiver prisonnières de la glace.

Et puis un matin, ça y était vraiment. L'estuaire avait disparu. À la place, un continent neuf, irrégulier, avec des congères et des crêtes qui faisaient des petites collines de meringue déchiquetée, tout ça d'une blancheur à vous transpercer l'œil.

L'hiver était là.

Tant qu'il faisait encore un tout petit peu jour, je suis allé un matin me dégourdir avec le gosse qui tournait ce jour-là dans la Centrale comme un putain de loup en cage. On aurait dit que le ciel venait de lui tomber sur le crâne, y a des jours comme ça. Il était vraiment pas bien, la nervosité courait sous sa peau et demandait qu'à jaillir, une colonie de fourmis rouges qui le démangeait je le devinais, tout son corps de muet bourré à craquer d'une parole inaudible électrisait la pièce. Je lui ai dit on sort et on s'est harnachés le mieux possible parce que dehors il y avait un infime bout de lumière accroché au ciel, on allait pouvoir marcher sur la banquise aussi fraîche qu'une pièce montée.

Marcher sur la banquise, c'est découper de grosses parts de silence. Y a que les infimes décibels de la circulation du sang et des battements du cœur pour marteler aux tempes qu'on est encore vivant jusqu'à quand. Moi j'y allais pelle à tarte, en douceur, mais j'ai vu le gamin partir en lame, taillader sans sourciller la peau du monstre. Ses jambes avançaient féroces, brisaient la glace, luttaient contre le vent. Il fonçait devant moi, poings dans les poches, corps-bélier, tête rabattue sur le torse moins pour lutter contre le froid que comme quelqu'un qui cherche à enfoncer une porte. Je marchais assez loin de lui, tenu à distance par un arc électrique invisible. Même quand il s'arrêtait colère pour reprendre son souffle, seuls ses yeux dépassaient de son équipement. Malgré le givre qui volait, les flocons qui aveuglaient, le vent qui plissait les yeux, je devinais les éclairs furieux que crachait son corps d'orage. On repartait, je restais derrière lui instinctivement et aussi parce que j'ai plus de mal à traîner ma carcasse sur la banquise. Il avançait vite, projeté dans l'espace avec sa foulée qui mordait au ventre. Quand ses pas s'enfonçaient à certains endroits dans une mélasse de neige, il s'en extirpait encore plus rageux et se remettait à avancer comme on pile du verre, le pied broyeur. Rien ne le retenait, on aurait dit qu'il voulait dissoudre la glace, croquer le blanc qui venait pourtant tout juste de finir de prendre comme de bons gros œufs en neige qui menaçaient encore par endroits de s'affaisser, parce que c'est une bête assoupie la banquise, jamais vraiment endormie, on sait pas si elle va pas cambrer le dos, s'étirer d'un coup et vous gober couillons sous la coquille de sa surface. Faut pas penser à ça quand on lui chatouille l'échine, à l'idée qu'on avance sur une pellicule de quelques dizaines de centimètres d'épaisseur sous laquelle est ventousée l'énorme bouche de l'Océan avec ses grosses lèvres rondes qui attendent que ça, de vous super, un peu comme celles des poissons nettoyeurs sur la vitre des aquariums.

On aurait dit qu'il voulait qu'on n'en parle plus jamais le gosse, de lui, du blanc, du monde, ça en devenait pénible à la fin de le voir marcher vers rien avec cette haine au cœur, cet en-avant de la rage qui collait à ses gestes, engluait la masse légère de son corps dans une soupe de noirceur alors que jamais le blanc lave le noir, j'aurais pu le lui dire. Ça s'annule pas, ça se mélange peut-être dans un gris sale qui laisse la gorge un peu plus étranglée par l'ampleur du désastre, mais pas besoin de s'épuiser comme un con sur la banquise ou de risquer de tomber dans une crevasse pour comprendre ça, que jamais rien rachète nos péchés. Je me disais qu'il allait s'épuiser, se casser un pied, une jambe et alors on serait bien dans la merde. Ou alors son corps allait disparaître en une bouchée sous mes yeux, sans prévenir, et il aurait même pas le temps de songer c'est la fin qu'il serait déjà disloqué dans une grotte souterraine ou noyé bleu dans le chenal. Mais peut-être que c'est ça qu'il voulait ce jour-là, la disparition, l'infini et sa paix cher payée. Peut-être que c'est ça qu'il cherchait en avançant à ce rythme effréné sur cette foutue page blanche où toutes les directions se valent, comment savoir.

Le vent s'est levé alors je me suis quand même décidé à le rappeler. J'ai beuglé derrière lui faut rentrer maintenant. J'ai entendu un bruit terrible, un craquement d'os géant, deux plaques qui avaient dû se soulever. Le gosse s'est même pas retourné. Le bruit a recommencé. J'ai vu à quelques mètres de moi le blanc se dresser comme si une créature là-dessous cherchait à s'échapper. Les plaques ont érigé deux remparts de glace qui sont retombés aussitôt dans un fracas terrifiant. La banquise était réveillée, il était plus question de gentils œufs en neige mais de fissures qu'allaient pas tarder à serpenter entre nos bottes, façon meringue brisée. J'ai braillé plus fort. Mais qu'est-ce qu'il en avait à foutre du danger le gosse ? Ma voix s'étouffait, s'annulait dans le blizzard qui gelait nos faces de macaques, il faut rentrer je gueulais. Mais il continuait le gamin, il s'enfonçait tête baissée dans l'horizontalité. Je m'agitais, faisais des signes avec les bras, il se retournait même pas cette enflure, je croyais gueuler mais peut-être bien qu'aucun son sortait plus de dessous ma cagoule et revenait au contraire comme une balle de ouate dans mes tympans paralysés.

Au moment où j'allais laisser tomber parce que, après tout, à chacun sa mort, et puis aussi parce que je savais qu'on peut pas lutter contre un incendie qui brûle tout sur son passage, que parfois y a plus qu'à contempler le désastre, c'est à ce moment-là qu'il s'est arrêté. Je l'ai deviné qui hésitait et puis, finalement, après sans doute avoir bien soupesé son désespoir ou le peu de lest de vie qu'il avait encore au creux du bide, il a fixé les cicatrices de neige qui zigzaguaient entre ses pieds et il a fait demi-tour.

J'ai pas parlé de ça le soir, aux autres, dans la Centrale. Après le poisson séché et les fruits en boîte, Grizzly nous a demandé comment s'était passée notre sortie sur la banquise. Le gamin s'est renfrogné, j'ai sifflé un peu de vodka du bout des lèvres. Pour une fois, Grizzly a insisté et comme il se fait lyrique parfois à cause de l'embâcle tout neuf, de ses grandes idées et aussi de l'espoir qu'il a encore pour les terriens sans doute, il a lâché le mot pureté. Quelle pureté quand même, ou quelque chose comme ça. Je sais pas si c'est parce que j'étais crevé d'avoir galopé après le gosse toute la matinée sur cette saloperie de banquise instable, ou cette impression pénible que ça m'avait laissé, cette tension qui me lâchait pas depuis, mais j'ai gueulé mauvais sur Grizzly pour la première fois.

Je lui ai craché qu'il nous emmerdait avec sa pureté bordel, qu'il se fourrait le doigt dans l'œil jusqu'à l'os avec sa pureté qu'existe pas, parce que là, sous nos pieds, c'est rien que des dizaines de cadavres de sous-marins, un vrai petit cimetière nucléaire. Rien n'est jamais ce qu'il paraît, c'était pas à lui que j'allais apprendre ça quand même, à tout endroit son envers, sous la pureté, la noirceur, le métal, la rouille. L'horreur. Sa pureté, c'était une belle arnaque. Tous les clampins qui débarquaient ici, pas souvent c'est vrai, mais depuis vingt ans j'en ai connu quelques-uns quand même, finissaient toujours, cette bande de guignols, à un moment ou à un autre c'est inévitable, par s'émouvoir devant la banquise et éructer une bonne grosse connerie sur la pureté. À quel point c'est beau, impressionnant, désirable même, tout ce blanc merveilleux qui nous remet bien à notre petite place de virgule sale, ce genre de bavasseries que les poètes à la Grizzly enfilent comme des perles sur leur collier de naïveté à la con. Mais la pureté c'est rien qu'une saloperie d'idée qu'il faudrait exterminer, un mirage dangereux, une flaque d'eau givrée dans laquelle les hommes aiment se contempler et croire en leur innocence possible, leur noblesse d'âme, leur propre élévation, parce que le terrien est comme ça, il a toujours besoin de croire qu'il peut s'élever. Alors il travaille dur à sa propre extraction, trime à se faire neuf, divin faut croire, en tout cas à se hisser hors-corps, hors-terre, pour finalement mieux détruire, mieux s'abaisser et tout souiller y compris la banquise qu'est tentante comme une jeune vierge avec sa promesse d'absolu. Alors bordel Grizzly, nous fais pas chier avec ta pureté piégeuse, parce qu'il y a rien qui appelle plus au crime, rien qui déclenche plus l'envie de répandre le sang, de profaner et d'anéantir, qu'une étendue immaculée. Toute cette blancheur, crois-moi, ça réclame la déchirure. Ça implore la souillure. Grizzly m'a regardé, dépité. Je suis sorti de la Centrale avec une bouteille et j'ai fini de me soûler tranquille dans ma baraque. Il faisait froid mais je pouvais pas rester avec les autres et encore moins deviner le plaisir mauvais de Roq d'avoir assisté à cette scène.

On commençait à être beaucoup trop sur cette île. Si je suis resté sur Solak, c'est pas pour tailler la discussion mais supporter ma haine des vivants. Ça tombe bien qu'on m'ait collé Roq ces dernières années, des fois que ma misanthropie prendrait l'eau ou que ma vieille carcasse se mettrait à regretter les autres, sous l'effet de la distance et de l'imagination, des fois que ça réchaufferait la soupe de mon estomac et qu'une brûlure légère et de plus en plus chaude viendrait m'attiédir la couenne. Sûr qu'il en existe des sourires et des rires, ailleurs, dans des contrées peuplées où flottent des peaux douces et des caresses, mais moi j'ai envie de les écarteler ces mots-là, de les piler menu avec leur poison qu'on paie au centuple. Si les hommes avaient un peu de jugeote, ils essaieraient pas d'être heureux. Ils auraient plus besoin d'être consolés. Ils seraient comme moi, barbe grise sur neige blanche, vieille peau collée au permafrost, c'est bien suffisant. Oublier le monde, les autres et soi, avancer dans les traces invisibles du silence qui se répercute dans l'espace, oublier le monde, les hommes, leur folie, marcher dans le froid cinglant, chercher ce néant-là qui monte comme la jouissance qu'on sent venir, la pointe de l'oubli toute proche, à portée de pieds, de jambes, tout l'être soulevé, emporté, un pas puis l'autre dans la neige, rien de plus simple ni de plus complexe. Y parvenir sans penser, ne plus chercher à parvenir, se rassembler tout entier sous l'abri du vide. Oublier d'être un homme.

Le lendemain matin, quand je suis rentré dans la Centrale, Roq était pas là, trop bourré, pas levé sans doute. Le thé du matin fumait et Grizzly parlait au gosse qu'avait écrit quelque chose sur son carnet, une question à propos des recherches de Grizzly si j'ai bien compris. Ils ont levé les yeux vers moi, on s'est salués de la tête sans dire un mot sur l'accrochage de la veille, je me suis débarrassé de ma parka, servi un thé. Ils ont repris leur conversation si on peut appeler ça comme ça. Grizzly devait être gêné que je sois là, il a eu du mal à démarrer sur son sujet comme tous les gens trop passionnés qui savent jamais par quel orteil saisir la chose et qui, une fois lancés, vous sortent tout le corps d'un coup.

Je soufflais encore sur ma tasse qu'il semblait avoir oublié ma présence et pérorait ça y est sur les besoins grandissants en hydrocarbures, la prospection, les puissances financières qu'on n'imaginait pas, une guerre souterraine, intergouvernementale, les gros mots de bon matin qui remuaient ressources fossiles, fonte des glaces et extinction d'espèces. Plus il parlait, plus ses grandes mains s'animaient, plus ses yeux bruns pétillaient, je sais pas si c'était d'inquiétude ou de plaisir. Il parlait de la dangerosité insoupçonnée du méthane et le gosse hochait la tête sous son bonnet fin comme s'il avait la moindre idée de ce que ça voulait dire. Grizzly s'emballait, il rêvait que l'opinion se réveille comme si c'était un corps avec des idées, l'opinion, il disait que pour l'instant ils étaient une poignée mais que l'ampleur du désastre tarderait pas à se savoir. Attention, il était quand même pas naïf au point d'ignorer l'égoïsme des hommes. Mais justement, il comptait le retourner comme une crêpe, s'appuyer sur sa face beurrée de peur épaisse pour les alerter. C'était ça, au fond, sa stratégie de persuasion. La médiocrité humaine. Si les gens n'étaient pas assez futés pour comprendre ses travaux trop techniques, il espérait qu'ils réagiraient lorsqu'il serait question de la survie de leur propre couenne et de leur gras descendant. Le gosse regardait Grizzly d'un air triste, sans qu'on puisse deviner si c'était pour Grizzly ou les terriens. J'ai bu mon thé, attrapé une boîte de fruits en conserve et je suis ressorti dans le matin sombre en les laissant à leur semblant de conversation.

Les jours qui ont suivi devenaient de plus en plus une grande flaque de pénombre traversée d'une infime incision de luminosité. Le gosse est allé avec Grizzly faire ses relevés et ses tournées de vérification. Depuis la meurtrière de la Centrale, je devinais leurs silhouettes engoncées s'éloigner dans la neige et la pénombre qui recouvraient tout l'estuaire. La démarche du gosse était plus la même, moins colère je pensais. J'imaginais le bruit que faisaient leurs crampons sur la glace, la concentration de leurs yeux qui observaient où poser les pieds, la fatigue physique mais aussi le plaisir qu'ils avaient à marcher tous les deux dans l'immensité tendue comme une paume ouverte. Un matin qu'ils venaient de partir et que je réchauffais mon vieux cul gelé au poêle de la Centrale, j'ai entendu un coup de fusil. Aussitôt j'ai pensé c'est le gosse, il a buté Grizzly. En réalité, ils avaient fait fuir un Pater qui s'approchait trop près d'eux avec ses deux oursons et c'est Grizzly qui avait tiré en l'air. Quand il a raconté ça le soir, Roq a fait sa tête des mauvais jours qui disait que bordel si ça avait été lui, c'est pas en l'air qu'aurait fini la balle.

Le lendemain matin, elle était bien là, main dans la main avec l'hiver comme deux esprits malins qui nous auraient cousu le visage dans notre sommeil. La grande Nuit.

# Novembre

C'est une douleur qui vous caresse, un deuil qui vous glisse dessus sans jamais vous pénétrer vraiment, le jour qui se lève plus. Dans la Centrale, il y a la lumière en continu, deux ampoules jaunes alimentées par le générateur qui ronronne comme un gros chat métallique. Ça sent la sueur, le thé, la fumée, la viande et le poisson séchés, ça a des relents d'hiver interminable et filandreux. Quand on n'est pas pris par une des corvées de la journée, la bouffe à réchauffer, l'entretien du poêle, le ramassage de la neige pour en faire des casseroles d'eau, le déblayage autour de la Centrale et des baraques, quand Grizzly est pas plongé dans sa paperasse scientifique et que le gosse est pas en train d'écrire dans son foutu carnet parce qu'il en noircit des pages ce couillon-là, Roq se fout de sa gueule mais le gosse lève même pas les yeux, c'est l'avantage d'être muet, personne compte sur votre parole, bref quand ces deux-là sont pas rivés sur leurs mots, on joue aux cartes.

J'adore ça moi, les cartes. Ça réunit sans qu'on ait à faire semblant de se supporter. Les figures s'abattent sur la caisse renversée qui fait office de table basse. Roq fume son tabac à la chaîne. On est chacun dans nos fauteuils rafistolés, le gosse dans le sien en tubes araignée. Parfois on fait une petite pause et, selon l'heure, un thé ou une vodka. C'est magique les cartes, on peut rester concentré très longtemps et puis, alors que ça fait des jours et des jours que chaque minute perle au ralenti, y a de grosses poignées d'heures envolées comme si on avait plumé le cul du temps mieux que celui d'une grosse oie. Grizzly se lève parfois pour détendre son corps de géant, il se déploie, fait quelques pas, souffle sur la mèche de sa tignasse qui commence à lui tomber bas sur le front et regarde la nuit perpétuelle par la meurtrière. Souvent Roq le cherche un peu, oublie pas de me prévenir si tu vois un Pater passer hein.

Le gosse nous observe tous les trois. Je le vois nous scruter comme un tableau humain, on doit ressembler à un truc de peintre slave sous la lumière qui réchauffe à peine notre petit périmètre de chair, une scène quasi figée de joueurs de cartes enfouis dans leurs gros pulls informes, leurs treillis double épaisseur et leurs grosses bottes humides, animés par à-coups d'une passion éclair pour un cœur ou un pique. Il y a de longs silences concentrés tout juste troués de grosses exclamations, des mitaines de conversation d'où sortiraient seulement les gros vers de nos doigts. C'est souvent Grizzly qui gagne, celui qui s'en fout le plus évidemment. Il a toujours la chance de son côté cet enfoiré. Le gosse dit rien forcément, aussi impénétrable que la nuit polaire avec son silence de marbre. Il joue, exhale juste une infime buée de ses narines étroites, sourit même pas quand il gagne au contraire de Roq qui fanfaronne à chaque pli remporté et glousse comme un arriéré derrière son menton de porc-épic.

Des fois, je nous regarde et je pense qu'on est comme le bon, la brute et le vieux schnock, le gosse compte pas, c'est un intrus depuis le début. Grizzly non plus faut dire, qu'est là entre parenthèses, mais Roq et moi, on est ici pareil qu'en prison, les deux facettes d'une même pièce rouillée à laquelle les terriens voulaient plus se frotter. Y a vingt ans déjà, tout le monde me fuyait, écœurant à voir faut croire, et les terriens, ça craint trop la contagion. Alors un bref salut de tête, un petit sourire contrit pour les plus lâches ou les plus naïfs, mais personne se lançait dans de grandes phases, personne n'est à l'aise avec le naufrage des autres qui est comme une confiture qui poisse aux doigts. Alors on esquive autant que faire se peut, on s'arrange avec l'horreur en la maintenant dans un périmètre restreint, un petit pré carré où l'autre peut venir brouter une ration de réconfort de temps en temps à la limite, mais pas plus. Bien sûr que les terriens se sont débarrassés de moi comme de Roq, faut pas croire, à la benne arctique les boulets. La seule différence c'est que moi j'étais volontaire.

Quand on m'a parlé de cette mission tellement conne qu'elle en devenait sublime, garder un drapeau sur un glaçon, revendiquer la propriété du blanc et du vide, faut le faire quand même, c'était comme un cadeau de Dieu ou du diable qui sont l'envers et l'endroit de la même médaille aussi ces deux-là, en tout cas ça tombait bien puisque ce que je voulais, c'était m'anesthésier, et la banquise pour ça, c'est l'idéal. Les chefs ont un peu hésité, est-ce qu'ils pouvaient espérer que je tienne le coup là-bas ? Et en même temps, qu'est-ce que ça pouvait leur foutre ? On m'a envoyé. J'ai vu plusieurs soldats débarquer et repartir de Solak depuis. Certains y crever comme Igor, paix à son âme, mais moi j'ai toujours tenu bon. Peut-être parce que j'attends plus rien, en tout cas, pas plus loin que la fin de la partie de cartes. Ça veut pas dire que je vais les laisser gagner, surtout que le gosse a une main d'enfer depuis quelques tours et même si j'ai coupé les gros tentacules de l'espoir ou de ce monstre qui gluotte dans notre cage thoracique, faut croire qu'y en a encore et toujours un petit bourgeon à repousser, parce que attendre, même la fin d'une partie de cartes, c'est toujours vivre un peu.

J'aurais pas cru ça possible mais on l'a fait bon Dieu. Dommage qu'il y ait personne pour se souvenir de notre héroïsme, carrément, héroïsme, parce qu'il fallait le faire, sauver Grizzly et le gosse. Ça ressemble pas à Grizzly tant d'imprudence, et pourtant.

Ce matin-là, façon de parler, il est parti dans l'aube noire suivi du gosse qui a mis sa parka quand Grizzly a annoncé qu'il voulait marcher jusqu'au pied du glacier. Il devait vérifier l'état de sa sonde après la tempête de la nuit qui avait soufflé du froid du vent de la neige tellement fort qu'on aurait dit qu'une armée de squelettes géants s'acharnait sur nos baraques pour en arracher le toit de leurs mains d'os. Toute la nuit ça avait soufflé à rendre désespéré, personne avait pu dormir avec le raffut que ça faisait. Partir le matin jusqu'à la sonde au pied du glacier, ça voulait dire deux bonnes heures de marche. C'est pas si loin mais la neige, l'obscurité et le froid, ça ralentit dur. Il y avait pas de blizzard, pas de brouillard, plutôt la paix fielleuse qui suit les tempêtes. Grizzly a dit il faut que j'en aie le cœur net, si la tempête a décroché la sonde, je perds des semaines de travail. Alors il s'est préparé, le gosse aussi. On n'a pas essayé de les retenir. Roq et moi on a regardé leurs silhouettes rapetisser vers le nord, se hisser dans la pénombre jusqu'au promontoire du Menton comme deux petites bêtes qu'auraient grimpé dans le cou de la montagne avant de disparaître complètement.

J'ai passé la journée à somnoler le cul au chaud dans mon fauteuil près du poêle. J'ai pas beaucoup vu Roq qu'était à boutiquer ses peaux dans la Tanière, sauf pour le repas bien arrosé qu'on a pris tous les deux dans la Centrale, comme deux vieux époux qui se touchent plus que du bout du silence depuis des années. On a échangé que les mots nécessaires et pour une fois Roq a trouvé aucune connerie à déplier pour venir me gâcher la journée. J'ai encore pas mal somnolé après le repas, je me suis juste un peu remué en fin d'après-midi pour aller chercher du lichen séché et des fagots dans l'abri derrière la Centrale, ça m'a énervé parce que j'en ai pris un tas qu'était pas bien coupé, alors j'en ai retaillé vite fait à la hache sur le billot gelé de la cour. J'ai nourri le feu, fait du thé et c'est là que je me suis rendu compte que ça faisait deux bonnes heures qu'ils auraient déjà dû être revenus.

Roq est rentré dans la Centrale, je lui ai servi du thé fumant et lui ai dit que Grizzly et le môme étaient pas rentrés. Roq a soufflé sur son quart brûlant qu'est-ce que tu veux que ça me foute. J'ai insisté. S'il fallait aller les chercher c'était maintenant, surtout que le vent semblait se lever de nouveau et que la tempête s'était peut-être qu'endormie molle avant de revenir nous souffler sa rage en pleine face. J'allais pas lui faire un topo sur les chances de survie dehors, surtout en cas de gros temps. Roq a marmonné quelque chose et on a attendu longtemps avant de reparler. Chacun de notre côté, on soupesait l'intérêt de l'expédition autant que celui de les aider à rester en vie. Au bout d'un moment quand même, j'ai tranché, c'est moi le chef. J'ai dit il faut y aller. Roq a pas dit oui. J'ai ajouté que je pourrais pas y aller sans lui, il faudrait qu'on prenne un traîneau, le sien, qu'est de loin le plus solide parce que celui de l'armée part en lambeaux depuis des années alors que Roq en a fabriqué un bien costaud avec deux grandes planches héliportées y a longtemps lors d'un ravito et qu'il a calfeutrées avec des bandes de peaux fixées aux côtés, un vrai petit carrosse des neiges qui sert d'habitude plus à transporter le gibier hivernal quand il en trouve qu'à sauver des vies. Bizarrement c'est cette idée-là qu'a eu l'air de le décider. Trimballer de la viande vivante plutôt que morte sur son traîneau pour une fois, ça a eu l'air de le faire sourire. Pas comme quelqu'un d'heureux mais plutôt comme quelqu'un qui a pas beaucoup l'occasion de se divertir. En tout cas peu importe pourquoi, on a fini par charger le traîneau de matériel de secours et de quelques vivres et on est partis nous aussi en direction du Menton dont on devinait le profil là-haut, dans l'obscurité.

C'était pas une petite promenade de santé. Non seulement fallait traîner le chargement chacun une courroie à l'épaule, dans la neige la nuit polaire le vent glacé en trouant l'obscurité avec nos lampes frontales et en faisant gaffe où on posait les pieds, mais en plus fallait avancer au même rythme pour faire gentiment glisser le traîneau, sans à-coups ni gâchis d'efforts. Roq est plus costaud que moi et c'est pas vraiment une danseuse étoile question rythme d'ensemble, mais je voulais pas avoir l'air d'un vieux chien galeux alors j'ai un peu forcé. Même quand on se trouvait à contretemps pour tirer la charge et que j'en sentais tout le poids sur mon épaule, je donnais le change.

Au bout d'une heure, j'avais le cœur dans la bouche, les poumons dans les reins et ça me faisait un mal de chien dans tout le corps. Je pensais que ça pouvait pas être pire, mais la tempête s'est réveillée. On avait dépassé le Menton depuis un moment et le vent s'est mis à souffler de plus en plus fort, les flocons à tourbillonner méchants au-dessus de nos têtes comme des centaines de fées mauvaises. On disait rien, on mettait un pied devant l'autre sans bien deviner la trace de nos crampons dans la neige et le sombre, coûte que coûte concentrés sur l'effort physique, tournés vers le dedans, la chaleur de nos ventres. Ça devenait difficile de voir à plus de quelques mètres, avec le vrai soir qui enfonçait encore plus l'obscurité sous la peau des ténèbres et toute cette neige qui nous collait les cils. Je scrutais tant bien que mal autour de moi. Au bout d'un temps aussi étiré que toute cette foutue blancheur plongée dans le noir, j'ai distingué une forme qu'aurait pu être un Pater mais qu'était bien une silhouette humaine, à peine discernable dans les flocons et la nuit. Ça remuait et brandissait une faible lumière de lampe torche. Le gosse et Grizzly s'étaient abrités sous une énorme congère. Ils en avaient gratté le pied pour creuser un abri sommaire où était allongé Grizzly. Par des gestes entrecoupés, le gosse nous a montré Grizzly et fait comprendre grossièrement ce qu'on découvrirait plus tard, qu'il s'était pété la jambe en évitant une crevasse ce con. Avec la nuit, le vent, les tourbillons violents de flocons, on risquait pas de deviner la torsion bizarre que faisait sa jambe dans son surpantalon, mais à voir son corps étendu par terre on pouvait supposer que ça allait pas fort. Toujours avec des signes de la main, on a compris que le gosse allait à peu près bien, lui, dans la mesure où on pouvait dire ça dans cet enfer qu'allait tous nous tuer glacés si on restait trop longtemps plantés là à faire des marionnettes. Le gosse était sans doute pas loin de l'hypothermie mais il pouvait encore marcher et c'est tout ce qu'on lui demandait. Roq et moi on a soulevé Grizzly qui pesait une tonne ce gros lard avec tout son équipement. Quand on l'a sanglé sur le traîneau, dans le halo de ma torche, j'ai vu sa bouche grimacer de douleur, c'était bon signe.

On est repartis vers l'estuaire en traînant notre colis sur la neige dans l'espace bleu-noir, nos lampes frontales balayant autant que possible la piste vaguement dessinée à l'aller. J'ai bien cru que j'allais me déboîter une épaule et puis crever. Heureusement, le vent s'est mis à souffler dans notre dos, à croire que le bon Dieu avait foutu une bonne claque dans la tronche du diable et nous offrait un tour de manège en récompense de nos efforts. Ça a pas été facile pour autant, ça non, la redescente en pleine tempête nocturne. J'en pouvais plus de tirer dans l'obscurité et le froid sur ce foutu traîneau qui pesait le poids d'un ours mort, en tout cas d'un Grizzly semi-vivant, sans parler qu'il avait fallu relever plusieurs fois le gamin qui tombait à genoux dans la neige, à bout de forces. La marche a été interminable alors qu'on n'était pas si loin du Menton et du camp finalement, mais le froid était indescriptible, nous faisait des décharges électriques dans le corps comme si des milliers de guêpes blanches attaquaient notre peau sans répit, piquaient chaque infime parcelle de chaleur pour la dissoudre jusque dans le revers des gencives et le dessous des paupières. Quand enfin on est arrivés au Menton et qu'on a aperçu le camp en contrebas, je dois avouer que j'ai été content de pas être mort cette fois-là non plus, comme quoi.

Une fois devant la Centrale, c'était pire que la débâcle de la banquise qui se morcelle, craque, siffle et grince de partout au printemps. Il a fallu se débarrasser de tout notre attirail trempé, détacher Grizzly du traîneau et le porter à l'intérieur où on l'a allongé le plus près possible du poêle sur une peau de renne mitée qui traîne dans le bazar de la réserve depuis la nuit des temps. Il avait toujours les yeux fermés, ses lèvres étaient du bleu de sa veste. Le gosse et moi on s'est regardés l'air de dire quoi faire ? C'est le gosse, qui était pourtant au-delà de l'épuisement et qu'avait à peine enlevé sa parka et son équipement trempé, qui a su. Il s'est mis à déshabiller Grizzly avec des gestes précis, aussi efficaces que le lui permettaient ses doigts congelés, je l'ai aidé à enlever la parka et les vêtements glacés en dessous. Le gosse est allé chercher des couvertures sèches dans la réserve, il a pris le bonnet encore chaud sur ma tête et l'a mis à Grizzly, l'a couvert de couvertures, l'a frictionné sans toucher à sa jambe gauche qu'on devinait pas d'équerre. Grizzly bougeait pas. Pendant ce temps j'ai rempli nos gourdes d'eau chaude façon bouillottes qu'on lui passait sur le corps et deux qu'on a placées sous ses reins. Le gosse et moi on aurait dit des masseuses occupées à pétrir un client comateux. Je sais pas combien de temps on est restés comme ça à le secouer, le malaxer, le frictionner, le réchauffer. Au moins ça avait marché pour nous parce que, au bout d'un bon moment, le gosse et moi on avait de nouveau le museau rose, accroupis chacun d'un côté du corps et occupés à s'agiter sur lui. N'empêche qu'il se réchauffait pas. Roq avait remis de l'eau à bouillir pour lui. Il regardait la scène depuis son fauteuil où il s'était enseveli sous une couverture. Y avait pas de place pour nous trois autour du corps mais j'ai bien vu le regard que le gosse lui a lancé.

Au bout d'un temps interminable, comme Grizzly réagissait toujours pas, j'ai vu passer l'idée sur le visage du gamin. Il s'est relevé, a soulevé rapidement les couvertures et s'est allongé fissa sur Grizzly, face contre face, en rabattant les couvertures sur eux et prenant soin de pas appuyer sur la jambe du blessé. Roq a éclaté de rire, c'est pas vrai putain, qu'est-ce qui lui prend encore à celui-là, mais le gosse s'en foutait et remuait maintenant de haut en bas, doucement mais sûrement. Il glissait régulier sur le corps de Grizzly, les paumes des mains de chaque côté de son visage comme un homme baise sa femme avec dévotion. Il lui soufflait son haleine, et ça c'était plus que Roq pouvait supporter, ce semblant de sexe chorégraphié en plein milieu de la Centrale, sous nos yeux, cette intimité du gosse qui glissait sur le corps de Grizzly, qui se frottait contre lui encore et encore. Même moi j'avais reculé et arrêté de frictionner Grizzly, je faisais pas partie de la scène. Roq a vomi un seau d'insanités mais le gosse a même pas relevé la tête, concentré sur sa tâche, tout son corps enseveli sous les couvertures, occupé à coulisser sur le corps de Grizzly, cherchant à insuffler la chaleur et la vie au corps géant sous lui. Un moucheron accouplé à un scarabée. Le gosse a encore rampé ahané soufflé sur Grizzly pendant de longues minutes. Roq a fini par se lever, se verser un thé fumant, se couvrir et sortir de la Centrale en claquant la porte parce que je crois bien qu'il aurait préféré les voir baiser en vrai que d'assister à ça, à la version maquillée d'un truc insoutenable pour lui comme quoi. Plusieurs fois le môme s'est arrêté, plus essoufflé qu'un amant exténué, il s'est allongé complètement sur Grizzly qui ressemblait toujours à un gisant de cathédrale. Le gosse veillait toujours à pas déposer de poids sur la jambe cassée et puis il est reparti, il s'est frotté de nouveau, lentement, pris en sandwich entre la couverture et le corps inerte, il a recommencé pendant de longues minutes. Et Grizzly a toussé. Doucement d'abord, puis sûrement, il a toussé, grimacé et ouvert deux yeux exténués de vivant.

On avait des bandes de plâtre desséchées vieilles de plusieurs années mais c'était toujours mieux qu'une attelle. Après avoir joint la base par téléphone satellite, ce qui est rare parce que les terriens aiment pas qu'on gaspille la précieuse technologie pour venir leur rappeler la crevure de notre existence, on a suivi les instructions. Aucun hélico viendrait avant le printemps, ça on le savait déjà. Grizzly devrait attendre mars et la débâcle pour que le brise-glace puisse approcher suffisamment de Solak et venir le chercher. Il était bloqué là, avec nous, serré dans le poing de l'hiver qui nous tenait tous par la peau des couilles. Se débattre servirait à rien qu'à resserrer un peu plus l'étreinte douloureuse.

C'est à moi que le médecin de la base a donné les indications pour plâtrer, en plus du vieux manuel dans la caisse de survie. Heureusement pour Grizzly, y a pas de plaie ouverte et avec un peu de chance, mais comment savoir, la fracture est pas trop déplacée. Si on réussit à faire un plâtre correct, il sera immobilisé au moins six semaines. Roq a rigolé mauvais en entendant ça parce qu'on l'était tous, immobilisés, et plus que ça en vérité, y avait qu'à voir le grand beau plâtre impeccable que faisait la banquise autour de nous et qui nous tenait chacun jusqu'aux cheveux sans qu'on sache trop la nature de la blessure. Grizzly finalement, c'était le moins atteint. C'était temporaire. Au printemps, il s'envolerait vers le brise-glace et nous laisserait éternels convalescents dans les bandages souillés de la débâcle.

Après l'épisode du réchauffement corps à corps, on n'avait pas revu le gosse pendant plusieurs jours. Il était tombé d'épuisement et avait dormi dans sa baraque jusqu'à plus soif. J'étais allé frapper à sa porte pour vérifier qu'il était pas mort. Il avait fini par m'entrouvrir, le visage encore balafré par la fatigue et m'avait écrit sur son carnet de feuilles jaunes qu'il prendrait ses repas dans sa baraque pendant quelques jours.

# Décembre

Le vrai ennui, ça a pas vraiment de couleur mais plutôt la transparence de l'eau salée qui fait glairer sans désaltérer. Ça se dépose sur les corps l'air de rien mais faut s'en méfier comme d'un chien endormi qui vous sauterait à la gorge avant que vous ayez eu le temps d'évaluer la longueur de la laisse. Dans un endroit comme Solak où on est quatre bonshommes obligés de frayer ensemble sur un bout de presqu'île glacée, y a un contrat tacite pendant la grande Nuit. On frôle les autres, mais on cherche pas à entrer vraiment en contact avec eux. Faut surtout pas péter la fragile bulle que chacun a soufflée autour de lui et dans laquelle il s'est enroulé pour supporter l'égouttement des jours sans lumière et du froid indescriptible qui ont plaqué la vie au sol.

Tout est suspendu, cotonneux, si bien que même quand on se parle, on essaie de pas être trop pointu, histoire que la parole soit raccord avec le duvet de pénombre dehors et que nos conversations forment un tapis le plus doux possible, du nécessaire sans aspérités. Ça fait que dans la Centrale, on pouvait passer des heures sans presque dire un mot. Le gamin bien sûr, ça le contrariait pas trop. Il écrivait pour lui, dans son carnet, et chacun essayait de tenir son ennui assis bien à sa place, sucre sur le nez. Il fallait surtout ouvrir aucune craquelure qu'aurait risqué de s'agrandir en faille gigantesque et de tous nous y précipiter comme des couillons pas capables de passer un hiver enfermés sans s'entretuer. Dans l'ensemble, on s'y tenait et les journées étaient de vraies bouteilles de lait pleines, rien à en dire sinon que c'était blanc, épais, et que ça maintenait nos corps en vie.

On passait le plus clair de notre temps chacun dans notre baraquement, prostré sous les couvertures. Mais quand on avait tellement dormi que même nos yeux voulaient plus se fermer, qu'on avait rêvassé à du chaud, de la lumière et de l'ailleurs informe pendant des heures d'affilée, qu'on s'était branlé à s'en cailler le foutre, que le gosse et Grizzly avaient lu les livres qu'ils pouvaient lire, écrit ce qu'ils pouvaient écrire, y avait plus qu'à venir faire du thé à la Centrale et jouer aux cartes. Ma botte secrète à moi, c'étaient les journaux. Le gros paquet que l'intendant glisse à chaque ravito. Roq se fout de ma gueule avec ça parce que les journaux, selon son expertise de demeuré, ça vaut rien. Encore moins un journal daté qui s'asphyxie plus vite qu'un flétan hors de l'eau. Mais c'est là qu'il se goure le Roq. J'y ai trouvé un truc, moi, sur le monde auquel on n'appartient plus. C'est pas que je me croirais sur une autre planète mais plutôt qu'à lire la chronique périmée de la vie terrienne j'ai parfois l'impression d'appartenir à une autre espèce qui aurait muté, une sorte d'homme de Neandertal ou bien un animal de la même branche humanoïde qui aurait perdu le lien avec sa base commune. Bref, en lisant et relisant les mêmes feuilles de chou de fond en comble pendant vingt ans, j'ai eu une révélation. C'est l'intérêt de la rareté, on épuise chaque page jusqu'à lui râper le fond de culotte, comme un gosse finirait un pot de confiture au doigt, et parfois je me dis que si les terriens étaient pas si cons, ils pourraient arriver à comprendre eux aussi ce que j'ai réussi à piger tout seul, rien qu'avec ma cervelle de bécasseau et mes journaux jaunis. Sans doute même que ça existe d'ailleurs, des gens qui ont saisi pareil que moi et qui réfléchissent à comment les terriens pourraient profiter un peu mieux de l'infime couche de beurre que chacun a à vivre entre ses deux grosses tartines d'éternité. Faut avouer que ça changerait de la margarine rance que se font refiler un bon paquet de couillons en guise de casse-croûte existentiel. Mais ça doit être trop compliqué à organiser, toute cette crémerie égalitaire, sans parler que les lucides doivent pas être assez convaincants pour faire changer les hommes, en même temps, qu'est-ce qui ferait changer les hommes, en voilà une question conne. Avec des jarretières et un chapeau, un chien reste un chien. Donc à force de lire les journaux périmés, j'ai eu la révélation des constantes. Les noms changent, les lieux aussi, mais bordel, c'est effarant les constantes. J'en ai fait des collages, des pages et des pages de collages. Quand je dis ça, constante, j'ai l'impression d'être un gars très savant à la Grizzly, j'ai déjà la barbe pas très réglementaire pour un militaire faut avouer, mais ici le règlement c'est comme la justice, rien que de la neige fondue.

La guerre, c'est la première constante. Faut voir le nombre de collages que j'ai faits rien qu'avec ce mot-là, plusieurs cahiers. Depuis que je suis sur Solak, j'en ai tellement lu, des histoires de guerre, parfois déjà finies quand je les découvrais, preuves et morts enterrés, qu'on dirait une grosse blague. Ça peut prendre une forme de bon gros génocide ou de petit conflit gentillet, ça se met des dentelles d'annexion ou ça se tricote des petites frappes, c'est propret quasi, à croire que personne crève derrière les italiques. Ça me prend des heures de découper propre les titres, les sous-titres, les légendes, de choisir quel mot je sacrifie au profit d'un autre, rapport au recto verso qui me trempe dans des dilemmes terribles, de coller ça joli ensuite, d'en faire un beau montage de synonymes en petits et gros caractères. La deuxième aussi, j'en ai des pages et des pages alignées magnifiques, des déclinaisons typographiques à faire pâlir de jalousie un imprimeur. Cette constante-là, attention, je l'ai au garde-à-vous dans tous les caractères, toutes les formes, toutes les tailles. Le pouvoir. La bataille du pouvoir, l'obsession du pouvoir, la fascination du pouvoir. Les coups bas, les coups montés, les coups d'État. Une sacrée constante qui marche main dans la main avec sa grande copine la guerre, ça se fait même des politesses en veux-tu en voilà, ça tortille du cul, après toi, non vraiment je t'en prie, bon ben si c'est comme ça alors d'accord, j'y vais, je passe la première. Je sais pas si c'est parce que je suis très loin de tout ça maintenant, mais j'ai l'impression de voir tous les rouages qui perpétuent tranquille ces constantes avec une facilité écœurante et ça me rend pas les terriens plus sympathiques, ça non. Pour le pouvoir, y a rien de tel que de mettre en place une bonne dictature, si bien que j'ai dû en faire une partie spéciale à la fin du cahier parce que c'est un gros rouage quand même, alimenté par une multitude d'autres petits bien graissés et trop nombreux à découper mais quand même, c'est écrit dans le journal, ça revient toujours à un moment ou à un autre du côté de l'adoration du grand homme, alors qu'on n'a encore jamais vu de culte de la grande femme, à croire que les femmes sont nulles en dictature, pourtant elles sont souvent plus fines en rouages, comme quoi. En tout cas, ça m'asperge les yeux d'évidence tous ces maillons de la grande chaîne du pouvoir, les slogans et les images martelés, parce que la répétition ça compte énormément, c'est normal faut dire pour des constantes, c'est ça qui achève de forer une idée même coulante dans le cerveau des gens. Ensuite y a plus qu'à entretenir la machine au charbon de l'obéissance, souvent à grand renfort de religion mais pas que, et je dis ça alors que j'y crois moi au bon Dieu, autant qu'au diable en tout cas, mais faut reconnaître qu'un temple ou une église, ça rend docile pour pas cher.

Sinon j'ai de beaux petits cahiers de haine, une jolie constante aussi celle-là, magnifique avec toutes ses nuances et combinaisons possibles, un genre de gros arc-en-ciel noirâtre avec un camaïeu de titres à vous tourner la tête. C'est comme une recette, y a qu'à mélanger couleur, sexe, milieu, lieu de naissance et ça vous donne un bon gros bouillon de fiel où venir lamper des cuillerées selon vos goûts et vos envies, une belle constellation de rages qu'un tas de terriens viennent goûter la langue curieuse. Le catalogue des haines, au bout d'un moment j'ai dû le classer par thèmes, sinon un fasciste y retrouverait pas ses petits. Mais la dernière constante, celle qui remplit des pages à la chaîne, bombe joli mes cahiers année après année, c'est l'argent. Alors là, j'ai usé mes ciseaux. J'aurais sans doute dû commencer par ça d'ailleurs, puisque c'est la constante reine, celle qui chevauche toutes les autres, qui leur dégouline dessus et leur coule poisseuse sur le visage comme du sang frais sur la grille d'une meute affamée. Y a pas grand-chose qui me console d'être sur Solak mais ça oui, j'ai quitté la horde. Et puis avec tout cet ennui qui tombe dehors, faut dire aussi que j'ai pas grand-chose d'autre à faire que de constater chaque année ma théorie confirmée.

La guerre le pouvoir la haine l'argent, mes constantes sont toujours là, fidèles à la une. À chaque ravito, imprimées au rendez-vous. Ça me donne un contentement bizarre, mais y a tellement peu de choses auxquelles se raccrocher quand le temps vous cogne dessus, alors pourquoi pas l'illusion de savoir.

Ce soir-là, c'est Roq qu'a fait péter la bulle d'ennui en même temps que le pacte de non-agression. Dès qu'il est rentré dans la Centrale où Grizzly travaillait encore sur une carte qu'il tenait dépliée entre les mains, sa jambe mal plâtrée posée sur un caisson et que le gosse et moi on somnolait près du poêle en attendant que ce soit l'heure où on s'autoriserait à manger, j'ai su que ça irait pas. J'en ai plein les burnes a gueulé Roq, ce qu'était assez fréquent chez lui mais sans doute, au ton de sa voix, étaient-elles en effet particulièrement à ras bord. Il tenait dans sa main de vieux magazines déchiquetés qu'il brandissait en se plaignant. Il avait besoin de plus de vodka que ce qu'il venait de s'enfiler déjà plein jus tout seul dans sa baraque. Grizzly avait pas cillé mais il avait senti comme moi que le volcan était en éveil et ça a pas loupé, tout le magma a fini par sortir.

Ça manque de bonnes femmes qu'il s'est mis à gueuler le Roq qui comprenait pas ce que le gamin était venu foutre dans cet enfer sans chattes, pourquoi est-ce que tu crois que la taule ou l'isolement c'est la pire des punitions qu'il braillait, parce que tu peux plus rien fourrer, voilà pourquoi. Et en l'écoutant débiter ses obscénités, je me disais que c'est pas tant la liberté à laquelle tiennent les hommes finalement, ça, même un sale con comme Roq l'avait compris, c'est d'être privé à jamais de la possibilité du désir, pas seulement de plus jamais avoir la perspective de s'enfoncer dans la tiédeur d'une femme, mais un deuil plus large encore, comme un éventail de la vie qu'une allumeuse de danseuse espagnole vous fermerait d'un coup sec au visage, clac. En tout cas moi c'est comme ça que je la voyais notre damnation, même si pour Roq, faut avouer que l'éventail était aussi étroit que sa cervelle de pingouin et que tous les plis et contre-plis de la vie avaient dans son esprit plus ou moins une forme de fente humide. Faut dire aussi qu'après des années sur ce maudit glaçon de presqu'île, selon que t'es resté plus ou moins animal, ça bout là-dedans comme une Cocotte-Minute qu'on aurait jamais dégazée, et je me demandais parfois comment faisait Grizzly, même s'il était le plus éloigné de nous sur l'échelle de la bête avec tous ses chiffres et ses mots qui lui grandissaient l'intelligence, contrairement à ce pauvre Roq que sa queue tirait vers le bas et que rien venait jamais remettre à sa place, ni paroles ni idées. Pour ça Roq avait sans doute pas rencontré les bonnes personnes. Suivi les mauvaises c'est sûr, et bifurqué tout seul à des carrefours où on fait pas demi-tour, c'est certain aussi.

Depuis un moment le soir, il était en boucle sur ses souvenirs lubriques, à commencer par ses meilleures virées aux putes qu'il extirpait du sac de sa mémoire comme un gosse ses Noëls disparus. Grizzly et le gamin quittaient pas tout de suite la Centrale car c'est quand même là qu'il fait le plus chaud, mais au bout d'un moment les monologues nostalgiques de Roq sur les bordels militaires finissaient par gagner et, sans doute pour maintenir le fragile équilibre de notre survie à quatre et que rien ne vienne en faire exploser définitivement le glaçage fissuré, ils préféraient encore regagner leur baraque froide et solitaire plutôt qu'entendre Roq déblatérer sur une Cambodgienne, une Vietnamienne, bref, une petite bridée comme il disait, de toute façon elles se ressemblent toutes et puis leur nationalité se lit pas sur leur cul. Moi ça me faisait marrer mais je voyais bien que les autres tordaient le nez, ça se lisait sur le visage de Grizzly qu'il le trouvait aussi abject et grouillant d'horreur qu'une peau de renne bouffée par les vers, ça se devinait rien qu'à sa manière de boire sa tasse de thé fumant du bout des lèvres. Le gamin lui, souriait en grimace et lançait des décharges régulières avec ses yeux acier qui me faisaient penser à un monstre marin qui glisse sous l'écume avant de jaillir hors des flots et de vous ventouser la gueule d'un coup, d'une seule succion.

Ce soir-là donc, Roq s'est mis à déblatérer sur toutes ces petites putes qu'il tuerait pour pouvoir en sauter une, juste une, une toute petite, il brandissait son magazine en lambeaux en direction du gosse comme si c'était lui le responsable de cette pénurie, il en avait mal aux burnes rien que d'y penser. Toute cette neige autour de lui ça lui donnait des envies de petit cul vierge parce que, contrairement à ce que j'avais braillé la dernière fois, la pureté ça existe. Et lui, Roq, aurait payé cher pour une sainte farouche qu'il aurait ramonée dans tous les sens. Grizzly levait pas le nez de ses graphiques et de ses chiffres, comme s'il en avait pas une dans le pantalon lui aussi ou qu'il savait mieux la conduire que les autres, en tout cas il feignait mal de se concentrer sur son travail alors que Roq écumait maintenant, gueulait qu'il allait se taper un phoque si ça continue, et ses yeux étaient tellement fous que j'ai même plus osé rire. Mais ferme ta gueule je lui ai dit, ça va pas faire accourir les bonnes femmes tes conneries. Il m'écoutait pas, il continuait de gueuler, il pouvait pas rapporter des magazines l'autre taiseux de merde-là, hein, plutôt que son carnet et son Shakespeare à la con, tu pouvais pas faire les provisions pour les copains non ? T'as déjà essayé de te branler sur du Shakespeare sans déconner ? Si ça continue je vais me taper le gosse tiens, il a éclaté de rire à cette idée, un rire tordu, féroce, peut-être bien que je vais virer pédale moi aussi, peut-être même que je verrai pas la différence. Le gamin écrivait depuis un moment, comme d'habitude, replié sur lui-même dans le fauteuil araignée. Il a tendu son carnet avec écrit en gros dessus, en noir sur fond jaune, ferme ta gueule. Si incroyable que ça puisse paraître, Roq l'a fermée.

Il s'est arrêté d'un coup, fauché par l'audace du gamin. J'ai pensé on a tous un couteau sur nous, mais Roq pouvait très bien étrangler le gosse ou lui briser la nuque à mains nues en deux secondes. Heureusement, il a fixé le carnet et le ferme ta gueule de son regard de bête soûle et puis il a éclaté d'un rire énorme. Que je ferme ma gueule, il s'est plié en deux. Il s'est relevé, sérieux. Mais gamin, c'est toi qui vas fermer ta gueule, ta sale petite gueule de muet à la con. Peut-être que tu bandes aussi peu que tu parles, mais tu vois fiston, moi j'ai un béluga dans le pantalon, alors c'est normal que ça me travaille un peu tu comprends ? Il avait vraiment beaucoup picolé si bien qu'il bafouillait, postillonnait et ça agaçait son orgueil qu'était surexcité lui aussi, évaporé de la bouteille comme un mauvais génie. On devinait tous ses muscles contractés, sa mâchoire serrée, on voyait l'appétit de violence circuler dans ses veines, ses poings saliver, alors avant que Grizzly ou le gosse fassent quoi que ce soit qu'aurait foutu encore plus la merde, j'ai répété allez ça va Roq sur un ton faussement rigolard, comme si on plaisantait tous ici, entre copains, et qu'on clapotait pas du tout les orteils au bord d'un bain de sang. Allez tais-toi, c'est bon, on a compris, on a compris je te dis. Roq s'est un peu calmé, son visage rouge paraissait tout ahuri à l'idée qu'on puisse l'avoir enfin entendu alors que lui-même se rappelait sans doute plus le dernier mot qu'il avait prononcé.

Les muscles de ses épaules se sont légèrement détendus, les miens aussi. Grizzly a relevé la tête, son œil avait ça de triste et de tellement las d'assister à ce spectacle que j'ai bien vu son quart de seconde d'hésitation, son air de dire mais comment on peut faire avec une telle couche de connerie tartinée dans la cervelle hein, comment ça se débeurre une grosse brute comme Roq de toute sa graisse de mâle à la con ? Et puis j'ai bien vu dans son regard qu'il préférait encore tenter de sauver la banquise qu'essayer d'atteindre le cerveau dégénéré de Roq, c'est dire.

Roq s'était remis à parler pour pas complètement perdre la face, il braillait pour l'honneur, et c'était vraiment pénible cet ultime sursaut de vieille poche alcoolisée jusqu'à l'os, cette avalanche de bile dans sa bouche de poivrot. Et puis soudain, comme s'il se sentait trop à l'étroit lui aussi finalement, qu'il en pouvait plus de sa misère et de sa propre bêtise, il est allé vers la porte de la Centrale en titubant. Il l'a ouverte grande et a baissé son froc d'un coup. Grizzly et le gosse ont vu comme moi la lune poilue de son cul tandis qu'une bourrasque terrible de froid et d'obscurité glaçait d'un coup l'intérieur de la Centrale.

Il se tenait là, dans l'encadrement de la porte, tout le matos tourné vers l'extérieur glacé. Il a beuglé vers la banquise je te baise salope, puis il s'est mis à geindre comme un chien qui agonise. C'étaient même plus des mots. Roq, ton béluga va geler j'ai dit. Et c'était vrai qu'en peu de temps on aurait pu le lui briser net comme une stalactite et en faire de la glace pilée, du concassé de couilles. Je suis allé vers lui, les autres bougeaient pas. J'ai entendu Grizzly marmonner quelque chose, j'ai pas bien entendu quoi, mais quelque chose de désespéré, comme s'il se sentait détaché et en même temps qu'il s'incluait bizarrement lui aussi dans le paquet, qu'il en prenait sa part de cette folie sordide qui grignotait nos vies, comme s'il connaissait tout ça à force de l'avoir lu dans des livres et que plus rien l'étonnait, pas même se retrouver dans ce huis-clos au milieu de nulle part avec une portion d'humanité pourrie, vraiment pas la meilleure. Je me suis avancé vers Roq, j'ai fermé la porte et je lui ai remonté le pantalon. On a beau être la pire des crevures, on peut décemment pas laisser un bonhomme se laisser tuer par la queue.

Après ça, Roq s'est tenu un peu à l'écart de la Centrale. Il a plus picolé pendant quelques jours au moins. Je crois que c'était pas tant la honte d'avoir tout déballé sur le seuil de la Centrale parce que Roq s'en fout complètement de ça, la honte il connaît moins qu'un lièvre, que quelque chose qu'avait rapport avec la solitude qui formait un rempart autour de chacun de nous et qu'il avait essayé à sa manière de défoncer, mais dont il comprenait seulement qu'on peut pas en péter les parois. Il était comme nous, enfermé dans son petit igloo intérieur avec rien qu'un tout petit tunnel pour rejoindre les autres, alors quand le sas est bouché, forcément, on étouffe.

# Janvier

C'est le moment le plus dur, cet entassement des jours qui vous écrase la joue comme une paire de crampons. On suffoque de trop de nuit et de froid, gavé jusqu'à la glotte. C'est pas pour rien que c'est à cette période, au fin fond du creux de la grande Nuit, que le pauvre Igor paix à son âme s'est fait sauter le caisson.

On n'en a jamais trop reparlé avec Grizzly qu'avait pourtant été le plus choqué d'entre nous et qui s'était isolé pendant des jours après la cervelle d'Igor en l'air. Quand il était revenu dans la Centrale, j'aurais bien aimé dire quelque chose mais on s'était juste regardés. Il était passé entre nous un grand courant vide qui disait à lui seul tout ce qu'une mort pareille soulevait et reposait aussitôt, le grand soufflet de l'absurde.

La seule chose à faire c'était sans doute de se taire au risque de déblatérer des trucs minables sur l'inconcevable de l'avant-après de l'existence, cet interrupteur à la con qui vous mettait sur on-off avec aucun moyen de soudoyer l'électricien. Non franchement y avait rien à en dire de la mort d'Igor, peut-être même de la mort tout court, c'était trop gros ou trop petit à penser. Alors si fou que ça puisse paraître, vu qu'un suicide aurait pu alimenter quelques jours de conversations, ça nous a éloignés encore un peu plus. On peut pas dire que Grizzly portait particulièrement Igor dans son cœur pourtant. C'était un Roq en moins mauvais mais plus costaud, une bête de somme, une vraie pépite pour l'armée. Mais voir quelqu'un crever sous vos yeux, ça remue toujours un peu le fond de la marmite. On se dit merde alors et moi. Je sais qu'il avait pensé ça Grizzly, sous ses airs d'homme éduqué, faut pas croire, il avait le même graton d'inquiétude au creux du bide et il avait beau essayer de pas trop le racler, ça lui faisait comme à tout le monde la mort d'Igor, ça lui tendait grande la sienne en miroir et il avait plus qu'à fermer les yeux et à se pincer les narines pour pas trop en renifler l'odeur de brûlé.

Pendant cette période, quand je sentais que Grizzly ou le gosse devenaient trop nerveux après trop de jours confinés dans la Centrale et nos baraquements et qu'on devenait chacun mauvais, furieux en dedans, tout horizon pulvérisé comme un rêve interdit si bien que ça cogitait sec sur le à quoi bon vivre pour pas mourir, survivre en mangeant, se chauffant mais attendre plus rien, quand je sentais que ces questions-là affleuraient un peu trop à la surface des cervelles et que l'insupportable faisait comme un tas de braises cuisantes dans nos paumes gelées, je proposais d'aller regarder un peu les aurores boréales qui sont une fausse naissance de la lumière mais qui aident un peu à tenir, des fois.

On sortait suréquipés dans la cour, pour supporter le froid terrible. Grizzly clopinait sous ses couches d'emmitouflage technique et le gosse avançait lent, sans que j'arrive à deviner s'il était épuisé du moral ou empêché physiquement par la lourdeur et les épaisseurs de textiles qui enrubannaient son corps comme une petite momie noire. Roq venait pas, il en avait rien à foutre du ciel et de ses trompe-l'œil à la con. Y avait pourtant parfois des aurores boréales tellement immenses qu'on aurait dit des ogresses vertes qui traînaient derrière elles leur dentelle d'étoiles, ça nous saupoudrait les yeux et nous coulait un goût de lumière au fond de la gorge. Depuis le temps, je connaissais ça par cœur, les grandes vagues vertes et violettes piquées de blanc, les ondulations qui vous ensorcellent le regard avec leur roulis magnétique, même si c'est comme tout, cette beauté-là, il faut se méfier de son envers. Grizzly et le gosse tendaient le cou, attirés eux aussi par la créature mouvante qui leur échappait tellement que, sous leur cagoule, je les devinais entrouvrir la bouche comme des enfants de chœur, espérant peut-être recueillir sur la pointe de la langue un bout de confetti lumineux, une poussière d'hostie astrale qui les ramènerait dans le monde des vrais vivants.

Pendant de longues minutes, à travers la laine, ils expiraient rêveurs des nuages de buée épais comme des bains de vapeur et puis, sans un mot, on rentrait. Non seulement il faisait trop froid à rester comme ça le cul immobile dans la grande Nuit, mais aussi parce que au bout d'un certain temps, on se sentait trop minuscule. Il fallait se débarrasser très vite du sentiment qui nous faisait nous sentir tellement insignifiants que le monde devenait d'un coup hostile et l'aurore boréale monstrueuse, menaçante, avec sa porte poudreuse qui demandait qu'à s'ouvrir sur l'infini du cosmos pour nous y engloutir à tout jamais.

C'était le soir, sous les nuages de tabac, dans l'odeur d'alcool qui flottait en l'air, on tapait le carton à la Centrale et Roq était en rogne parce qu'il venait de perdre deux parties coup sur coup et que la corvée de feu du matin serait pour lui. Tout le monde avait beaucoup picolé, même le gosse qu'était sobre d'habitude et Grizzly avec sa jambe dans le sac, faut dire qu'il faisait vraiment un froid de chien. Roq a foutu un coup de pied dans la table et a lancé une bordée d'injures de sa spécialité. Je lui ai dit de se calmer parce que la soirée était pas finie et qu'il allait falloir encore un peu tuer le temps ensemble. J'avais une main d'enfer en plus moi, ce soir-là.

Roq a gueulé un truc du genre j'aurais jamais dû quitter l'Afrique putain et on a tous levé la tête et les sourcils parce que, première nouvelle, Roq avait vu du pays. Ça lui a fait comme une petite étincelle d'orgueil notre intérêt soudain pour sa vie ancienne alors on a un peu secoué le briquet et il s'est mis à parler. À raconter la chaleur.

Parole de vieux Piotr, c'est comme si la Centrale s'était réchauffée d'un coup, qu'elle avait flambé de quelques degrés rien qu'en ramenant du soleil en mots de Roq qu'est pourtant pas un conteur-né. On était chacun suspendu à ses lèvres d'où on s'attendait presque à le voir cracher un bout de soleil. Il disait des mots qui coulaient chauds dans nos ventres, le soleil qui vous matraque la tête, la terre si sèche que sa poudre vous tartine rouge et vous encrasse des narines jusqu'au fion, la lumière si métallique que les yeux sont deux fruits secs douloureux. Il disait les marches en plein cagnard, la sueur qui dégouline, la soif atroce qui vous râpe la gorge à gros copeaux, l'eau qui manque et désaltère mieux qu'un océan, il disait l'ombre délicieuse, les peaux molles, le sol brûlant et même le souvenir d'un fruit qu'il avait mordu une fois, assoiffé, et dont le jus avait giclé comme le lait d'un sein qui lui sauvait la vie et le plus fou c'est qu'il avait dit ça sans rire et sans arrière-pensée, parce qu'il revivait la sensation du soleil qui lui appuyait violent sur la nuque comme la main de Dieu lui-même. À l'écouter, une lumière orangée éclaboussait l'intérieur de nos crânes, quelque chose de moelleux était venu lécher les vieilles planches pourries des murs, nous courir sur l'échine, un duvet dans lequel on avait envie de se vautrer pour que ça dure encore un peu, le douillet de l'illusion, la caresse des terres imaginaires où les peaux flirtent libres et nues dans le vent, mais Roq s'est tu.

Il avait plus de mots en réserve, c'était fini. Et Grizzly a rompu la magie. Il a fait refluer le doux orangé comme une marée sauvage avec sa question de merde. C'est bien simple, j'ai eu l'impression qu'on nous retirait d'un coup l'édredon sur lequel on se trouvait pour nous plaquer nus sur le sol froid.

Vous faisiez quoi là-bas ?

C'est pas possible, ça lui a échappé sans doute. Je l'ai vu dans ses yeux qu'il en revenait pas lui-même de s'être laissé aller à prononcer ces mots. C'était sans doute la chaleur rêvée qui l'avait ramolli lui aussi mais quand il a compris, c'était trop tard, le regard de Roq avait déjà vrillé. Je crois que tu préfères pas savoir. Et Grizzly, sage trop tard, a dit c'est vrai. Mais Roq avait balancé ça pour la forme, pour mieux prendre son élan, parce que les souvenirs lui étaient déjà remontés jusqu'à la racine des cheveux et moi, sans rien savoir, je savais déjà tout. J'ai tenté de le freiner d'un autre t'as raison on veut pas savoir, ce qui était encore plus stupide parce que ce serait mal connaître les hommes de croire pouvoir faire barrage à l'orgueil quand il a une occasion pareille de pisser sur nos têtes à grands jets. Grizzly était trop tendre au fond, pour deviner ça.

Dans la pièce, il y avait plus une once de chaleur. À la place, le froid était revenu au galop, un embâcle surprise qui nous avait figés sur place parce qu'il était pas question de fuir ce qu'on devinait terrible et qu'il aurait pas fallu rester écouter pour pas que ça puisse exister. Au lieu de ça, le gosse, Grizzly et moi, on fixait Roq qui jouissait déjà de sa propre horreur. Je voyais son œil bander de la paupière. Le gosse et

Grizzly ont eu la même expression sur le visage. Une contraction violente des joues.

Roq a pas pu s'empêcher de fanfaronner, c'est comme ça les hommes, ça fanfaronne. Ce qu'on faisait là-bas ? Ben on massacrait. Il a savouré. Au départ, on massacrait pas vraiment. On montait et on démontait le camp tous les trois jours, tout le monde était à cran, la chaleur, le bide détraqué avec leur bouffe de merde, le manque d'eau, de sommeil avec les salves de mitraillettes, les cadavres de chèvres et d'humains à l'entrée des villages avec leurs mâchoires déjà à moitié bouffées par la vermine ou bien, dans les villes, les cadavres puants sous les gravats, dans les rues, ça vous aurait pas plu c'est sûr, c'était un boulot de bonhomme, pas des conneries de chiffres ou de discours à la con. Faut croire que mon chef a vu mon potentiel parce que j'ai vite été changé de mission. Fabriquer ou déblayer du cadavre, je pouvais mieux. On m'a mis en amont, au frais, dans les caves du régime, pour aider aux interrogatoires. Et là bordel j'étais bien. C'était pas officiel, d'ailleurs vous voulez pas connaître les détails, et de toute façon je pourrais pas les donner. Moi j'exécute, j'obéis. J'agis. Et si ça veut dire massacrer, je massacre. J'ai dit c'est bon Roq, on a compris, mais il m'a même pas regardé. Non je crois pas Piotr, Grizzly a posé une question, je lui réponds, c'est normal, c'est la politesse. Tu peux prendre des notes si tu veux le gamin, tu peux écrire ça dans ton petit carnet de merde, comment l'affreux Roq a tué des dizaines de bons à rien là-bas. Comment il a prêté main-forte à d'autres brutes comme lui dans des caves obscures pour torturer, tuer, violer puisque c'est comme ça que vous appelez ça. Moi j'appelle ça les ordres, j'appelle ça un métier, un métier que je faisais sacrément bien même. J'y ai pris goût, trop faut croire, parce que ces enfoirés me l'ont reproché ensuite, le comble, après tous les sévices rendus, comme quoi j'arrivais plus à me contrôler, à m'arrêter, tu parles d'une justice. Ils t'injectent le goût du sang dans les gencives et après faudrait sourire blanc et donner la patte. Ça m'a valu un aller simple ici même ces conneries, pour éviter les problèmes comme ils disaient, les problèmes pour eux parce que moi, que je me gèle le cul à perpète sur un iceberg, ça leur a fait ni chaud ni froid. Mais je regrette rien.

Grizzly et le gamin avaient la bouche entrouverte. Roq les a regardés, a souri et pris une inspiration comme une chanteuse d'opéra avant la fin d'un récital. Oui j'ai obéi aux ordres. Aux ordres de frapper jusqu'à sentir l'os du crâne craquer, aux ordres de traîner par les cheveux ceux qu'avaient encore la force de crier ou qui se tortillaient comme des saletés de vers répugnants sous les lames et les fouets, la peau tellement ouverte et couverte de sang, de bave et de pleurs qu'on sait plus où frapper sans s'en foutre partout, aux ordres de baiser à volonté des tas et des tas de femelles apeurées, des vieilles, des jeunes, des toutes menues même, des tout juste sorties du berceau qu'ont le goulot tellement étroit que c'est un délice, qui vous supplient et finissent par se taire enfin quand elles ont compris à qui elles ont affaire ces putes mais le couteau était déjà sous la gorge. Le gamin. Un vrai diable et c'est pas une image. Le visage brûlant triangulaire. Sa main gauche tirait le front de Roq qui faisait pourtant bien vingt centimètres et quarante kilos de plus que lui. Sa main droite appuyait avec la lame sur la peau du cou, pas pour faire semblant.

Il avait sauté de sa chaise et plaqué le côté lisse de la lame juste au-dessus de la pomme d'Adam, là où la peau granule un peu comme celle des poulets. Le gosse appuyait si fort qu'une ligne de sang s'est aussitôt dessinée. Roq avait les yeux furieux mais pas encore complètement lavés de son amusement. Il a quand même poussé un petit cri de goret, ça aurait pu être drôle si on n'avait pas tous eu vraiment la terreur soit qu'il craque le gosse en deux d'une clé de bras, soit que le gamin lui tranche net le cou et qu'on se retrouve avec un corps et une tête au beau milieu de la Centrale. Alors on est restés hypnotisés Grizzly et moi, comme les deux couillons impotents qu'on était et qui tenaient leur carte à jouer dans leur siège, c'était foutu pour ma main chanceuse. On a entendu le vent siffler à travers le volet de la meurtrière. Il y a eu un long temps blanc, sans doute très court mais que chacun s'est demandé comment traverser. Et puis Grizzly, qu'avait dû secouer la part d'homme en lui pour lutter fort contre son envie de voir le gosse exécuter Roq, a parlé. Il a dit d'arrêter ça. D'arrêter, d'une voix calme. Arrête, pose ça, ça sert à rien. Le gamin tirait toujours autant le front en arrière, la lame prête à trancher. Grizzly a continué de sa voix qui se balançait doucement comme un hamac, pose ton couteau, baisse ton bras, tu n'es pas comme lui. Le gosse lui a jeté un regard, la main qui tenait l'arme a un tout petit peu relâché la pression, presque rien. La ligne de sang a perlé un peu plus. Roq faisait des yeux de fou maintenant, ça l'amusait plus du tout, sûr qu'il allait tuer le gosse dès l'instant où celui-ci relâcherait la pression d'un petit cran, mais Grizzly continuait de parler tranquille, c'est bien, c'est bien, voilà, comme ça. Le gamin hésitait toujours, ça se lisait dans ses yeux d'acier, dans la boursouflure de sa cicatrice qui gonflait et dégonflait comme un cœur d'oiseau, ça se devinait à quel point ça l'aurait soulagé d'inciser net, de libérer le sang et la colère.

Mais il a eu un petit mouvement de recul, un battement d'ailes. Grizzly a soufflé c'est bien, voilà, baisse ton bras, tu n'es pas comme ça, *ça n'est pas toi*, et le coude a entamé sa descente. La lame s'est détachée un peu plus de la peau de poulet, alors je me suis levé avec ce qui me restait d'énergie et je me suis jeté de tout mon poids sur Roq pour le foutre au sol. Je me suis fait un mal de chien en tombant sur lui, le couteau est tombé lui aussi et le gosse s'est précipité dehors, chopant son fusil au passage et laissant derrière lui la porte glaciale grande ouverte sur notre misère.

Les semaines qui ont suivi ont été un tombeau de silence. Ça avait pas été une mince affaire de calmer Roq dans l'immédiat. Il avait pété deux trois caisses dans la Centrale, braillé comme une truie qu'on égorge puis en avait profité pour se soûler encore plus. Même complètement ivre, il avait pas ri de la folie du gamin, comme si, sous les couches et les couches d'alcool qui encrassaient son esprit, clapotait bien vivante la soif de vengeance. Le gosse, lui, s'est barricadé dans son baraquement. Je lui apportais de quoi manger à la porte, encore moi bordel, vu que Grizzly pouvait pas se déplacer facile. Je sortais dans le froid et la pénombre, je traversais la cour en prenant garde à pas déraper. Je me frayais un chemin dans l'hiver noir implacable qui refroidissait aussitôt la conserve entre mes mains, que je déposais sur le seuil gelé. Ça a duré des nuits et des nuits ces conneries.

Pendant toute cette période, comme pour nous narguer, le ciel était constellé d'aurores boréales à couper le souffle, mais on n'est plus jamais sortis ensemble pour les regarder. J'apercevais parfois Grizzly mettre discret le museau dehors pour les observer, ou bien depuis la Centrale où il avait l'air si malheureux que l'attente avait pris les traits exacts de son visage, s'était déposée sur sa peau brune comme une fine toile d'araignée. L'attente de la délivrance, l'attente du printemps, de l'hélico, du lointain, des terriens. Il évitait au maximum de croiser Roq, lui adressait plus jamais la parole. Il passait son temps le nez collé à la meurtrière pour apercevoir des bouts de volutes vertes, quand il se traînait pas carrément dehors jusqu'au pied du drapeau, avant de rentrer en clopinant, le visage et le reste gelés, avec dans la silhouette une meurtrissure nouvelle qu'était pas seulement liée à sa jambe pétée et contre laquelle il luttait chaque minute pour rester un homme debout.

# Février

Qui sait vraiment quand commencent les drames, dans quel terreau pourri s'enfoncent leurs racines ? Est-ce qu'on peut en démêler les ramifications jusqu'à leur origine première, jusqu'à la matrice ? Toutes ces questions, je me les suis posées déjà, il y a vingt ans, et voilà que ça recommence, même ici, dans le lieu le plus éloigné des hommes et de leurs grimaces. Les questions s'abattent sur moi en rafales, j'ai beau chercher, je saurais pas dire où est le début où est la fin, je vois qu'un magma de mots et de gestes qui s'entrelacent. Rien n'est jamais si proche d'un meurtre qu'un suicide, là-dessus Igor, paix à son âme, avait raison. Après tout, dans un endroit comme Solak, qu'est-ce qui permet de faire la différence ? Notre parole sans doute, qui contient toutes les vérités et les mensonges, qui fabrique le monde chaque jour que la nuit réveille. Mais alors qui pourra témoigner ? Dès que les choses ont lieu, elles disparaissent. Ce qui advient n'est déjà plus. Les preuves ici, ça existe pas. Il y a que le blanc, le silence et notre parole de vivants jusqu'à quand.

Je guettais la vengeance de Roq, la menace d'un coup de couteau dans la grande Nuit, d'une disparition du gamin, de la glace qui se rompt sous ses pas comme dans les romans de Jack London que Grizzly adore et qu'il nous a racontés plusieurs fois le soir dans la Centrale, surtout la scène où les méchants qui font du mal au chien disparaissent comme ça, d'un claquement de doigts. On les aperçoit au loin et puis hop, plus rien, engloutis dans le ventre de la glace, fallait pas la chercher. Tout ça sans un mot d'apitoiement de ce bon vieux Jack qu'il s'amusait Grizzly, c'est fini c'est tout, et moi je me disais que c'était sans doute ça la grande littérature que je connaissais pas mais que j'aurais sans doute bien su aimer, dans une autre vie, qui bavasse pas mais qui dit la vie comme c'est, patiner en espérant que rien cède jamais sous nos pieds. Sur ça, j'avais peut-être pas tort, mais sur le reste, je me gourais. Il y avait bien de la menace dans l'air, mais je pouvais pas deviner de quel côté viendrait l'exécution.

Si j'avais su, à ce moment-là, si j'avais su ne serait-ce que les nuits du gamin. Les cauchemars qui le laissaient en sueur au creux de son lit et de l'obscurité, le cœur prêt à sortir de sa poitrine, cherchant son souffle, reprenant petit à petit sa respiration, évacuant les images qui le noyaient rouge, la peur de se rendormir et de replonger dans ce bain puant de terreur. Le sommeil qui revenait comme une vague, la scène qui reprenait toujours, le poing, le manche, les doigts qui glissent un peu, le bras qui s'enfonce, la lame, le bruit mou que ça fait, le couteau enfoncé jusqu'à la dague, on sait plus rien de la lame, que le manche noir entre les doigts et un filet de sang qui commence à perler. Et ça reprend au début, tout recommence. Le couteau qui s'enfonce presque tout seul même si la main le tient, même si la main glisse avec la lame qui pénètre le ventre et que le gosse retire brusque, tout sang dehors comme un cri naissant. Comment j'aurais pu deviner ces nuits-là et le reste ? D'ailleurs est-ce que le gosse dans ses carnets était honnête avec lui-même ? Qui l'est vraiment ? Comment j'aurais pu deviner ses cauchemars en le regardant boire son thé dans la Centrale, quand il a fini par y revenir ? Parce qu'il a fini par y revenir, toujours un œil sur Roq maintenant qu'ils se recroisaient de nouveau, très peu mais le peu qu'il faut pour s'entretuer si les choses dérapent, si bien que Grizzly et moi on restait toujours là l'air de rien quand ces deux-là pouvaient pas faire autrement que de se croiser et que l'air putride se chargeait dangereux d'électricité. Grizzly aurait pas pu lutter longtemps contre Roq avec sa jambe dans le sac, ni moi avec mes vieux os, mais on faisait écran jusqu'à quand.

Une balle en pleine tête, bon. J'ai déjà dit que Roq était un sacré chasseur, ça a pas raté. C'était un de ces matins où Grizzly et moi on veillait au grain l'air de rien pour que le gosse et Roq nous repeignent pas la Centrale façon Tanière. Je découpais mes journaux et

Grizzly lisait un vrai livre. Le gosse était pas encore arrivé, on savait jamais s'il viendrait se faire à manger ou s'il resterait dans sa baraque sans voir personne ni rien avaler.

J'ai vu Roq qui s'occupait du poêle mégot au bec se relever d'un bond, foncer vers la porte comme si Dieu l'appelait dehors alors qu'il avait simplement aperçu, à travers la meurtrière, la silhouette beige d'un petit Pater. C'est dire si Roq avait l'œil, le flair, l'art de sentir la présence des bêtes même dans le bleu du noir, même de l'intérieur. Il a bondi sur son fusil, enfilé sa parka et nous a scotchés Grizzly et moi le cul dans nos fauteuils. Il a ouvert la porte, armé son fusil et depuis le seuil, malgré la pénombre, tiré une balle qui nous a décollé les oreilles. Il a souri grand et est sorti en beuglant sa joie d'avoir abattu l'ourson aussi facile. Il en tirerait moins que d'un adulte, forcément, mais c'était toujours une joie de tuer. Grizzly a pas bougé, comme si rien ne s'était passé. Le gosse est même pas sorti de sa baraque alors qu'il avait dû entendre le coup partir, forcément. J'étais tout seul sur le seuil gelé, à regarder la danse de Roq autour du corps par terre. Il a levé les yeux vers moi et m'a appelé à la rescousse dans l'air glacé pour le porter jusqu'à la Tanière.

Le lendemain, c'est sûr que ça avait dû lui faire bizarre au gosse qu'était venu se chauffer un thé très tôt dans la Centrale pour croiser personne et qui les avait trouvées en regagnant sa baraque. Dans la pénombre, il avait même pas dû bien comprendre ce que c'était, au départ, cette drôle de poupée tordue clouée sur la porte. Il avait dû réfléchir quelques secondes sans doute, avant d'identifier les couilles de l'ourson pendues là comme une décoration de Noël d'un genre spécial. Ça avait le mérite de clamer tranquille sa menace.

Le gosse avait fixé les breloques givrées un moment, puis il les avait arrachées avec son gant comme un bout de poisson congelé, avant de les jeter dans la neige sans un regard et de claquer la porte derrière lui. Sur la porte de sa baraque, il restait rien que le clou et un petit bout de chair mal détaché qui pendait raide.

On peut pas dire que ça ait réchauffé les relations, l'épisode des grelots de Noël. Après ça, c'était sûr que ça tournerait au massacre avant l'arrivée du printemps. Je guettais le bruit des icebergs qui se fissurent, cette crépitation de l'air qui annonce la chute de l'hiver comme si toute la banquise se mettait à craquer des doigts avant le grand combat, allongeait ses muscles et son squelette dans un grand étirement de tout son corps blanc.

Je guettais les premiers signes, la consistance du sol, la façon dont les cristaux crissent, se désagrègent dans l'empreinte de pas, les plaques de glace qui se dessoudent légèrement et annoncent le détachement prochain. Je guettais la lumière aussi, la fin de la grande Nuit, la clarté de la journée un peu moins sombre, un peu moins noire, je guettais ça, le réveil de Solak. Je le sentais dans chaque cellule de ma vieille carcasse que ça allait arriver sans tarder, peut-être plus tôt que prévu. L'hélico surgirait, il apparaîtrait dans le ciel comme le sauveur, déplierait sa langue jusqu'à nous et ramènerait Grizzly parmi les terriens. Mais nous trois, Roq, le gosse et moi, on resterait sur Solak, plus seuls et damnés qu'aucun mot pourrait jamais le dire.

En attendant que Grizzly s'échappe par les airs, on se croisait quasiment plus dans la Centrale, juste pour le minimum vital et c'était mieux comme ça. Chacun sortait et rentrait au plus vite dans sa baraque avec une petite réserve de chaud et de poisson séché avant de se perfuser aux heures lentes et sombres, de sentir le plasma du temps passer dans ses veines au goutte-à-goutte. Le temps devenait physique. Il s'agrégeait en substance visqueuse et glissait sous nos peaux, dans nos artères, circulait jusque dans nos veines les plus fines. Chacun travaillait en silence à éviter son propre effondrement, à survivre à l'attente, lui donner un contour en sculptant l'hiver, la nuit et sa matière avec pour uniques ciseaux la force de l'esprit qui finissait par divaguer toujours un peu, c'est normal, c'est banal. La solitude et l'enfermement vous ramollissent le lard cérébral et vous y font couler du mauvais gras, des pensées aussi difficiles à saisir que des saletés de papillons qui vous nargueraient de leurs ailes légères alors que vous pesez une tonne, lourd de tout votre corps et de cette angoisse informe qui monte dans la gorge comme du plomb fondu et se mélange aux souvenirs tassés à la pelle à neige. Et malgré ça, malgré le flou du grand tout qui nous ramollissait chacun maintenant, la mémoire n'était pas morte.

Recroquevillée dans un coin, elle se redressait quand on s'y attendait plus et nous envoyait au cœur, sans prévenir, un souvenir qui le pénétrait pleine balle. Je revoyais tout, derrière le temps qu'avait voilé mon crime d'une gaze supportable, je ressentais tout. La rage au ventre, sa morsure irrésistible. La montée de la violence comme une drogue qui irriguait le corps entier jusqu'aux poings, le délicieux baiser du pouvoir, du sentiment de supériorité qui vous enfonce sa langue jusque dans la trachée et en demande toujours plus, plus loin, comme c'est bon, comme ça remplit, comme c'est jouissif, d'être celui qui domine, et puis après, la décrue, tout aussi violente, le vide sidéral, la honte et cette fois-là, jamais j'aurais cru. C'était pas ce que je voulais, mais qu'est-ce que je voulais alors ? Le corps qui bougeait plus, ça par contre, c'était aussi net qu'il y a vingt ans. Le corps touché du bout du pied mais rien, pas un mouvement, la robe tachée immobile, merde alors, et la couverture qui braille dans un coin.

J'ai pas eu vraiment le choix de rester sur Solak, c'est vrai. Mais au moins ici, le temps qui passe indifférent a fini par être un allié, une mâchoire qui m'aurait pris dans son étau et me tiendrait entre ses molaires de glace pour m'empêcher de gigoter. Parfois, je sais pas pourquoi, ça se réchauffe. Le souvenir revient d'un coup, tellement intense qu'il en devient physique comme si un clébard énorme me plaquait au sol et me broyait menu avec ses petites canines cruelles. Mais c'est de plus en plus rare. Parfois je rêve que la neige et la glace, la banquise tout entière, par fidélité à mon âme nécrosée, sont noires. Totalement noires. Une étendue d'obscurité laquée qui s'étendrait à l'infini comme un voile de deuil givré.

## Mars

Le souffle commence à me manquer, le froid à geler mes mots. Mes poings sont déjà durcis, mes orteils aussi dans mes chaussures humides et mes yeux surtout, mes yeux sont morts grands ouverts parce qu'il y a des visions dont le regard se relève pas.

Ça m'a réveillé dans la nuit de la grande Nuit. C'est pourtant difficile de distinguer une voix humaine du vent qui gémit et siffle sans discontinuer. Et pourtant ça m'a réveillé, ce hurlement différent. Il m'a semblé percevoir une voix, des cris, un appel dans la nuit. J'ai hésité un bon moment avant de sortir parce qu'on quitte pas son lit comme ça ici, on s'extirpe pas du petit foyer chaud et puant qu'on a réussi à créer sous les piles de couvertures pour aller gratuit affronter la nuit polaire. D'où m'est venue l'intuition, je sais pas. J'avais trouvé la soirée bizarre, lourde et pâteuse. Grizzly avait regagné son baraquement de bonne heure, comme si s'offrir l'illusion de l'empressement pouvait faire se tourner plus vite les pages du temps jusqu'à l'arrivée de l'hélico. Dans la Centrale, Roq avait bu comme une poche pendant que je découpais le peu qu'il me reste de journaux, et le gosse lisait concentré son carnet, sans rien écrire pour une fois. De temps en temps, son visage se crispait dans une drôle de grimace comme s'il avait eu mal quelque part ou qu'un souvenir douloureux lui remontait électrique du bide au cervelet. La soirée s'était évaporée comme ça, dans le silence, les tics nerveux du gamin, l'haleine d'alcool et le cliquetis des ciseaux.

Roq était quasiment ivre mort et somnolait déjà quand j'ai fini par quitter la Centrale pour aller me coucher, si bien que, pour une fois, j'ai laissé le gosse tout seul avec lui. Avec la beurrée que Roq tenait, il aurait pas pu faire de mal à une mouche j'ai pensé, et le gosse était plongé profond dans ses papelards, noyé dans la lecture de ses propres mots. Toujours est-il que, dans la nuit, quand il m'a semblé entendre crier, je me suis levé, j'ai mis tout mon barda pour pas crever de froid, pris mon fusil et je suis sorti.

Dehors c'était glacial et sombre comme attendu. Depuis ma baraque, je devinais l'obscurité perpétuelle crevée par une aurore boréale géante mais le spectacle était pas tant dans le ciel qu'à quelques mètres de moi, pile sous la grosse centrifugeuse de poussière verte.

J'ai marché quelques pas, le cou tendu sous le dragon de lumière qui ondulait de la queue en répandant ses spirales de confettis. J'ai encore entendu un cri, c'était bien un cri. Le vent sifflait, mais une voix s'y mêlait, j'en étais sûr maintenant. Je me suis mis à courir vers le centre de la cour et c'est là que ça m'a pris au regard.

Au pied du drapeau, il y avait une tache claire contre le billot. Le gros cul d'un Pater qui s'agitait. Je voyais que son dos poilu qui remuait comme une algue géante. Penchée vers le sol, sa gueule fouillait quelque chose avec entêtement, en poussant des grognements voraces. Malgré la nuit, je devinais la fourrure de son dos animée de secousses, sa mâchoire enfouie dans la chose par terre.

Je me suis approché lent.

La tête de Roq a jailli de dessous le Pater, un visage de pantin aux yeux d'effroi, qui se balançait par petites secousses lui aussi, rapport au reste du corps que la bête dévorait. Pour être sûr de pas rater ma cible, je me suis agenouillé dans la neige. J'ai armé mon fusil et j'ai tiré. Une balle, puis deux, puis trois qui ont transpercé le silence avant d'atterrir dans le dos du Pater qui s'est affalé aux pieds de ce qu'il restait de Roq. J'ai couru sous la lumière sapin qui coulait du ciel et, à quelques centimètres de la gueule morte de l'ours, j'ai mieux vu. Ça faisait un tableau fascinant, comme si la beauté et l'horreur mêlaient leurs langues.

Ligoté au billot, Roq était assis cul nu dans la neige, sa parka retenue aux aisselles par une corde, son froc baissé sur les chevilles, sa peau laiteuse exposée à l'air libre. Tout son entrejambe avait été soigneusement bouffé par le Pater. Ça formait une bouillie visqueuse qui s'étirait en dégradés sur ses cuisses blanches. Si c'était bien lui que j'avais entendu, il avait pas dû crier longtemps. J'ai regardé hagard le pot-pourri de sa tuyauterie qui scintillait dans la lumière boréale.

C'était bizarrement gras. J'ai approché ma main de l'aine, tâté autour du trou creusé, puis reniflé mon gant. L'odeur, pas celle du sang, mais l'autre, celle de la graisse de phoque, m'a sauté aux narines.

J'ai enlevé mon gant quelques secondes, le temps de glisser une main dans le cou de Roq pour sentir si quelque chose battait encore là-dessous. À y repenser, c'était franchement couillon vu la tête de momie qu'il tirait déjà, mais c'est comme ça, il y a des gestes qui vous habitent et qui sortent sans demander l'autorisation. Si le Pater l'avait pas achevé, ça aurait été le froid. En remettant mon gant, alors que je me demandais comment le gosse avait réussi à traîner Roq jusqu'au billot et à le ligoter, parce que c'était le gamin, aucun doute, tout faiblard qu'il paraissait, j'ai aperçu mon gourdin de pêche au phoque jeté un peu plus loin dans la neige.

J'ai couru tambouriner à la porte de Grizzly. J'arrivais plus très bien à réfléchir et en même temps, tout était clair. J'ai frappé, j'ai gueulé, viens voir, viens voir putain Grizzly qui sortait pas alors que j'avais quand même tiré trois coups de fusil en pleine nuit, à croire que j'étais le seul ici à en avoir encore quelque chose à foutre de notre survie et de l'ordre établi. Les questions fusaient dans ma tête. Qu'est-ce qui avait pris au gosse de massacrer Roq par Pater interposé ? Comment sa cervelle de taiseux en était arrivée à fomenter un coup pareil, à haïr Roq ou en tout cas à plus supporter de le craindre au point de le faire bouffer par la peau des couilles ?

Pendant que je tambourinais à la porte de Grizzly, une sensation désagréable me glissait dans le ventre, une idée dérangeante que je cherchais à faire taire comme on étranglerait une murène aux yeux jaunes mais qui s'obstinerait à pas crever, je devinais quelque chose de terrible sous mon tas de questions, une raison confuse cachée sous la rage du gosse, le tas de fumier de sa colère rentrée mais qui était bien là, souterraine, depuis le jour où il avait posé le pied sur Solak. J'en ressentais la présence par intermittence, son souffle de monstre endormi, rien qu'assoupi. Qu'est-ce qu'on allait faire de lui ? Le tuer aussi ? Le surveiller jusqu'au prochain ravito ? Y a pas de prison ici, ça ferait Matriochka. Mais on pouvait quand même pas vivre tous les trois sur Solak en attendant tranquille de confier le gosse à la justice des terriens. Vivre comme si de rien n'était ? Cacher son crime ? Et qu'est-ce qu'on dirait aux terriens plus tard ? Je pensais à tout ça en cognant à la porte de Grizzly et, en même temps, dans une partie plus profonde, plus obscure de mon être, je savais déjà comment tout ça finirait. On s'était enfoncés trop loin dans la noirceur, et pas seulement le gosse avec sa veillée préméditée hier soir, qui avait attendu dans le renfoncement de son fauteuil araignée le moment où Roq se lèverait pour regagner sa baraque ivre mort sans prendre garde une seconde à l'ombre nerveuse qui l'avait suivi dans la cour pour l'assommer de toutes ses forces, trois coups au moins, juste au pied du drapeau. Ça avait dû lui demander un effort colossal au gamin d'asseoir Roq contre le billot, tout bourré et groggy qu'il était, peut-être même déjà crevé par le crochet si ça se trouve, de lui remonter la parka, lui descendre le froc, le ficeler serré et puis, soigneusement, méticuleusement, lui badigeonner les couilles de graisse de phoque.

Peut-être que c'était dans l'ordre des choses après tout. Peut-être qu'on pouvait pas toujours être du bon côté de la violence, que parfois les choses se retournaient, même ici, sur Solak, si bien que se superposaient en moi aussi bien l'incrédulité face à Roq émasculé qu'une vague acceptation de ce qui était en train de se produire, l'idée floue que j'allais vers ma propre rédemption. C'est le mot qui m'est venu, comme un vieux relent de catéchisme mou, un de ces trucs à la con de Dieu qui refont surface au moment où on s'y attend le moins. J'allais marcher vers ma propre rédemption et ça voulait sans doute dire mourir en fait, très connement, je le sentais en tambourinant contre la porte de Grizzly qu'était pas un homme comme moi et qui saurait comment le rester au milieu de ce ragoût de tripes. Grizzly saurait nous sauver de cette situation. Alors je frappais, je frappais, je gueulais, Grizzly bordel, Grizzly, mais il ouvrait pas ce con, parce que je savais pas encore à quel point les choses étaient pas ce que je croyais et comment nos certitudes sont aussi peu fiables que ces saloperies d'aurores boréales.

Grizzly était pas dans son baraquement parce qu'un peu plus tôt, sans doute juste après avoir attaché Roq au billot, le gosse l'avait appelé à l'aide dans sa baraque. Quand j'ai fini par comprendre que Grizzly m'ouvrirait pas et que je suis allé frapper à la porte du gamin, j'ai entendu du bruit à l'intérieur. Grizzly était là, j'en étais sûr. J'ai même pas pensé à pointer mon fusil en entrant, alors que je venais quand même de voir de quoi le gosse était capable. J'ai tourné la poignée, la porte s'est ouverte, je l'ai refermée aussitôt derrière moi.

À l'intérieur, il faisait bon. Le gosse avait dû charger son poêle comme un fou pour obtenir ce plumeau de chaleur qu'est venu me chatouiller la peau du visage comme une queue de chat.

Grizzly se tenait assis sur une chaise près du lit, sa jambe plâtrée tendue devant lui, le visage défait, étrangement décomposé, et j'ai dû lui tendre à peu près la même expression en miroir. Il tenait la main du gosse qu'était assis bizarre sur le rebord du lit, dans une drôle de grande chemise de nuit, tête baissée, jambes maigres nues.

Personne a rien dit.

Pendant d'interminables secondes, les mots m'ont échappé comme des saletés d'insectes fuyant entre les lames du plancher. Je comprenais pas ce que foutait le gosse dans cette tenue, ni ce que Grizzly foutait dans sa baraque, ni s'il *savait*, s'il avait vu le corps de Roq bouffé par le milieu. Je devais me rendre à l'évidence que non, Grizzly l'avait pas vu, c'était impossible. Il aurait pas été aussi calme ni aussi visiblement inquiet pour le gosse qu'avait pas l'air d'aller fort, faut reconnaître. Surtout, il aurait pas tenu la main du gamin s'il l'avait su criminel, pas Grizzly.

J'ai dit Roq est mort.

Ils ont rien dit. Le gosse c'était normal, mais Grizzly.

Roq est mort j'ai répété. Et j'ai ajouté, sans regarder le gamin parce que je pouvais pas m'adresser à lui direct, comme s'il y avait plus eu que Grizzly comme interlocuteur humain maintenant, j'ai ajouté dans un souffle, c'est le gosse qui l'a tué.

Grizzly a fait une tête impossible à décrire mais ça disait qu'il pouvait pas tomber plus profond dans le puits de la stupéfaction.

Je voyais bien qu'il comprenait pas mes paroles, que l'information montait pas au cerveau, qu'on refusait de la traiter là-haut dans sa caboche trop remplie. Finalement Grizzly a dit quoi. Bêtement. Un quoi tout nu qui cherchait la sortie, qui excluait toute l'absurdité de ce que je venais de formuler, qui disait qu'est-ce que tu racontes encore comme conneries le vieux, j'ai ma dose de trucs impossibles à avaler pour cette nuit, ce que tu viens de dire est pas recevable désolé.

Il tenait toujours la main du gosse assis sur le rebord du lit. J'arrivais pas à tourner mes yeux vers lui qui me paraissait vraiment le diable. C'était pas de la peur. J'ai plus peur de rien. Mais j'étais vide de toute idée, comme un gamin à mon tour qu'aurait perdu tous ses moyens.

Alors j'ai redit d'une traite le gosse a tué Roq bordel, il l'a assommé dans la cour, l'a ligoté au billot, l'a défroqué, lui a enduit la bite de graisse de phoque et l'a donné en pâture au Pater.

J'étais vacillant d'avoir sorti tout ça, mais c'était rien à côté de Grizzly qu'avait les yeux tellement exorbités qu'on les aurait dits à deux doigts de rouler par terre. Il s'est mis à bafouiller des mots que j'ai pas bien compris, difficile de savoir s'il rageait ou s'il pleurait, mais il répétait quelque chose comme c'est pas possible, c'est pas possible Piotr, tu te trompes. Et puis d'un coup, il a relevé la tête, comme soulagé d'avoir trouvé une branche à laquelle s'accrocher, il a articulé c'est pas possible ce que tu racontes, j'ai rien vu en venant ici, et il montrait le visage tordu du gamin assis au bord du lit en disant ça, on a traversé la cour entre nos deux baraques tout à l'heure et j'ai rien vu au pied du drapeau. T'as pas regardé c'est tout, je lui ai dit, parce qu'il y est, le Roq, ficelé au billot, et mal en point je t'assure.

Et comme son visage se décomposait de nouveau, j'ai ajouté : tu devais avoir autre chose en tête, de drôlement tracassant faut croire, pour pas remarquer un tel spectacle.

Au moment où je disais ça et où je trouvais que mes mots sonnaient drôles dans la petite pièce chaude, qu'on les aurait dit trop gonflés comme des ballons de fête foraine, le gosse a poussé un cri terrifiant. Tout mon corps s'est pétrifié. Grizzly a jeté des regards paniqués de moi vers le gosse plié en deux qui a poussé un nouveau cri, un beuglement inhumain. Qu'est-ce que c'était encore ce bordel ? Je croyais avoir eu mon lot de mauvaises surprises et de tragique pour la soirée, mais faut croire que j'étais loin du compte. Quand le môme a eu fini de hurler, Grizzly, qui avait pas l'air plus surpris que ça que le gosse ait des cordes vocales en état de marche, lui a demandé si ce que j'avais raconté était vrai, si c'était bien lui qui avait livré Roq en pâture au Pater. Le gamin a hoché la tête en guise d'aveu. Grizzly a essayé de retirer sa main mais le gosse l'a serrée et a beuglé une troisième fois. C'est à ce moment-là que j'ai compris que c'était pas Roq que j'avais entendu crier dans la nuit.

Grizzly le tenait dans ses mains ensanglantées.

Il a levé les yeux vers moi. J'ai rouvert les miens, essuyé la sueur qui me recouvrait le visage. Il nettoyait la forme et l'enroulait à toute vitesse dans la couverture comme s'il avait toujours fait ça, en tout cas c'est ce qui paraissait vu depuis la terre de stupeur où je me sentais glisser.

Pendant un temps interminable, le gosse avait poussé plusieurs cris féroces. J'avais bien vu Grizzly s'activer comme il pouvait avec sa jambe raide, je l'avais bien vu paniquer, me parler, mais je saisissais plus rien. Le gamin s'était recroquevillé sur le lit, les membres repliés sur son ventre comme des pinces de crabe. J'arrivais plus à agripper la réalité gélatineuse qui s'effilochait entre mes doigts. Le gosse se cabrait, retombait sur le dos, s'agrippait au drap, criait, gémissait. Comme je bougeais pas, Grizzly s'est installé au bout du lit et a plongé les mains entre les cuisses du gosse d'où elles sont ressorties en sang, ça faisait beaucoup de sang. Après ça, le gamin a plus crié pendant un bout de temps. Il grognait bas, marmonnait en bête sauvage, visage en sueur, mâchoire prête à exploser, les yeux fermés, concentrés sur l'invisible de sa douleur. Grizzly lui caressait le visage, la main, mais le gosse bougeait presque plus. Et puis d'un coup il s'est remis à bramer, un grand râle, deux fois, trois fois, l'hallali ça sentait. Alors Grizzly a replongé ses mains et a sorti de là une minuscule forme rouge et rose comme un rat pelé qu'il a roulée dans la couverture. Il a dit c'est une fille. La forme rose et rouge a poussé un drôle de cri et remué de minuscules doigts allumettes. Grizzly me parlait mais je comprenais toujours pas derrière la toile de coton où mon corps et moi on se trouvait, tiens je continuais à penser, le gosse parle, il crie en tout cas, c'est la première fois que j'entends sa voix.

Des flots de rouge se sont mis à clapoter partout sur le lit entre ses cuisses. Grizzly, échevelé, me gueulait dessus, j'entendais rien, je comprenais rien, je bougeais pas. Il m'a donné la couverture à tenir, avec la mini-gosse roulée à l'intérieur. Je l'ai regardée, incrédule, ça pouvait pas exister. Je voyais une forme dans la couverture et, à l'arrière-plan, plus floue, la silhouette de Grizzly qui s'agitait comme une mouette handicapée autour du gamin en miettes qu'en finissait pas de lâcher ses litres de liquide rouge et noir maintenant, comme si son ventre crachait de la mort en geysers malgré les mains de Grizzly plongées loin dans ses entrailles pour en retirer je sais pas quoi.

Ça a duré un temps suspendu, agrafé au plafond pour pas que les minutes s'achèvent. J'étouffais dans ma parka. Tout pâlot, le gosse s'est tourné vers la couverture que je tenais. Il a jeté un regard vers la forme vivante à l'intérieur, un regard qui m'a coupé en deux. Il était de plus en plus blanc, jamais je l'avais vu comme ça, vidé de la colère et du sang, sa cicatrice désenflée.

Au bout du lit, à ses pieds, Grizzly remuait encore tout ce qu'il pouvait, épongeait, nettoyait, farfouillait, le visage barbouillé de rouge comme à Roq dans la Tanière. C'est là que ça m'est revenu comme une balle. Roq toujours crevé dans la cour, boyaux à l'air. Mais j'ai pas pu prononcer un mot, à croire que ma voix était sur le bord de s'éteindre pour de bon, qu'elle avait déjà entamé sa descente vers le mutisme complet, définitif celui-là.

Le visage du gosse virait couleur neige sale. Il fixait toujours mes bras, la couverture, la forme humaine. Dans un effort suprême, il a articulé : *Elle.* Il avait bien une voix. Et puis, au prix d'un effort qui se devinait encore plus immense, il s'est tourné vers Grizzly qui a arrêté de gesticuler dans la flaque du lit, il a tendu les lèvres pour dire autre chose mais la force lui manquait, en allée trop loin de son corps éclusé.

Grizzly avait le visage anéanti, ses yeux coulaient sur ses joues comme la cire d'une bougie, il a hoché la tête pour dire oui à la demande silencieuse. Le visage du gosse s'est un peu détendu et celui de Grizzly a fini de se défaire d'un bloc, ravagé de pleurs qui l'ont secoué comme un séisme si bien qu'il a même pas vu l'instant où le gosse était mort pour de bon, sa tête lissée d'un coup sur l'oreiller.

Il y a du lait dans la réserve j'ai dit et j'ai tendu la couverture vivante à Grizzly qu'a relevé la tête vers moi. Il a saisi la petite forme d'un geste fébrile, l'a serrée contre lui avant de la regarder comme un diamant dans une nappe de goudron.

Il s'est mis à rire en pleurant, à bredouiller des choses.

J'avais plus rien à faire là.

Je me suis tourné vers la porte mais Grizzly, les lèvres pleines de larmes et de bave, a dit attends avec une dureté que je lui connaissais pas. Les carnets. Il faut que tu les lises. Du regard, il montrait les calepins du gamin posés sur la table. Tu les as lus, j'ai demandé. Non. Sa voix endiguait mal sa douleur, il avalait sa salive comme du métal fondu. Non, mais je sais ce qu'ils contiennent. Il a attendu un peu avant de continuer. Quand le gosse est venu me chercher tout à l'heure, il a frappé à ma porte mais surtout, Piotr, il a crié. Tu comprends ? J'ai entendu l'impossible, une voix inconnue, ici, sur Solak. Quand j'ai ouvert la porte et que je l'ai vu là, en chair et en os, me parler, m'expliquer ce qui arrivait, l'enfant qui arrivait, qui elle était, je l'ai pas crue d'abord. C'était trop. Pourtant c'était bien le gamin, sa voix, son corps, sa parole, là, sur le seuil. J'ai pensé je suis fou, Solak nous a tous rendus fous, mais elle s'est pliée en deux, mal emmitouflée dans sa parka, elle souffrait, c'était bien réel. Alors on s'est précipités ici et, même si elle allait de plus en plus mal, elle m'a raconté son histoire. En disant ça, il a ravalé un énorme sanglot, un mascaret d'impuissance et de chagrin qui s'apprêtait à déferler mais qu'il est parvenu à faire refluer pour continuer à parler. Juste avant que tu débarques ici, elle a eu le temps de me dire l'essentiel, en tout cas, ce qu'elle voulait que je sache. Sauf Roq, il a ajouté. Elle ne m'a pas dit pour Roq. Il avait l'air d'hésiter. Il berçait doux la couverture. Peut-être qu'on ne peut se délester que d'un crime à la fois.

Il y a eu un long silence. Je transpirais sous ma parka. Grizzly a relevé une dernière fois les yeux vers moi et son regard a paru soudain bouffi de plus de mépris que de tristesse. Ça disait qu'il était temps que je parte, qu'il voulait plus avoir affaire ni à moi ni à Roq, crevé ou pas. Il n'y avait plus que la petite forme vivante dans la couverture.

Alors j'ai pris les carnets et je suis sorti.

Je verrai pas avril, le printemps jeune, le monde nouveau. La banquise remue sous mes pas comme une méduse à l'agonie. Je marche vers le chenal qui s'est ouvert il y a quelques jours, où l'eau glacée commence à courir libre comme une mariée en fuite. Je sens plus mon corps. Ça fait des heures. Je marche et je cause seul, Igor si tu m'entends, paix à nos âmes. Bientôt j'atteindrai le chenal, j'oublierai, tout finira. Mais ça tourne encore dans ma tête et ma cage thoracique. Les mots du gosse, l'écriture fine sur les carnets de papier jaune. Ça tourne comme des bourrasques de neige, sans jamais retomber. Ça recommence sans cesse, ça s'enroule, ça fait vortex et ça m'emmêle violent le fil des pensées. Comment j'aurais pu deviner ? Et qu'est-ce que ça aurait changé ?

La couverture vivante dans les bras de Grizzly.

Presque la même, il y a vingt ans.

Mais Grizzly va y arriver, lui. Il va te la tenir au chaud, *Elle*, dans un panier près du poêle. Il va te la réchauffer, te la dorloter, te la nourrir jusqu'à l'arrivée des hommes du ciel qui viendront les récupérer tous les deux, le Pater nouveau genre et son paquet surprise. Je paierais cher pour voir leurs tronches, aux hommes kaki. Il va en prendre soin, je l'ai vu dans son regard. Il va s'envoler avec et y aura plus aucune poussière d'homme pour prétendre posséder Solak, c'est mieux comme ça.

Ça me fait bizarre de penser à ça, la fin, la vraie, qu'il va falloir affronter seul comme quand le bouillon a tellement réduit qu'il y a plus qu'une cuillère de suc à boire, la dernière, forte en goût, impossible à partager. L'odeur me titille déjà les narines congelées, son fumet flotte autour de moi, cristallisé dans l'air du petit matin tandis que j'avance comme je peux, est-ce que j'avance encore ?

Chaque pas m'arrache un cri silencieux, tout mon corps est dur, incroyablement dur. Je fais craquer mes genoux pour les faire plier à chaque pas, mes coudes sont d'un seul bloc, sans articulation. Un gisant debout. Je suis plus très loin, plus très loin.

Les feuilles jaunes, l'écriture fine, les mots en bourrasques et cette image remontée de la caverne de ma mémoire comme une chauve-souris écrasée en plein visage.

Le gosse. La gosse. Ma gosse. Comment dire ?

Elle aussi enroulée minuscule dans une couverture, il y a vingt ans. La gosse emportée loin de moi et du corps allongé au pied de l'escalier, emportée vers des gens qui sauraient s'en occuper, prendre à leur charge cette folie pure d'élever un petit d'humain. La couverture était rose pâle, des gens l'avaient saisie, l'éloignaient loin de la mère inerte et de mes mains suspectes. J'avais dû répondre aux questions depuis l'aquarium où se trouvait ma tête. J'avais drôlement bien dû répondre puisque *affaire classée*, un accident domestique, ça arrive. Restait l'enfant. Quelle enfant ? Non, je n'étais pas capable, pas capable. Je pouvais pas porter ça, je savais déjà plus que ça avait été possible un jour, cette blague énorme de l'existence. Alors il y avait eu double expédition. L'enfant en foyer quelque part, nulle part, jamais revue, et moi sur Solak.

Chacun sa peine.

Comment la gosse a su, c'est ça l'incroyable. Mes chevilles vont se briser, l'os est plus qu'un glaçon qui va voler en mille morceaux. Il faut que j'avance pourtant, que j'aille jusqu'au bout.

Les carnets, les feuilles jaunes, je les ai lus dans la Centrale. J'en ai tourné les pages, sauté beaucoup d'illisibles, je les ai parcourues dans un sens puis dans l'autre, j'ai agrippé des mots tranchants au passage et puis en mettant bout à bout toutes les pièces du puzzle, j'ai compris. J'avais pas besoin d'en lire plus. Surtout qu'il y avait toujours Roq dans la cour, bouffé au clair de dragon. Il y avait aussi Grizzly qui pleurait la gosse dans sa baraque chaude, qui tenait la forme minuscule dans la couverture et qui risquait de débarquer dans la Centrale d'un moment à l'autre. Il y avait la fin de la nuit qui s'écoulait, et moi qui voulais disparaître avant l'aube désormais parce que je sentais bien que j'étais comme la presqu'île à mon tour, un Solak dont le dernier bras de terre qui le reliait encore mince au monde des humains était en train de se laisser engloutir, ensevelir sous un raz de marée inédit, sans plus aucune perspective de percée possible dans l'infiniment blanc. Ça fait que j'avance droit vers le chenal maintenant, même si je dois l'avouer, tout au fond très profond, ça granule encore un peu vivant, comme si des saletés de grains de doute me sablaient minuscules l'intérieur.

En tout cas, une fois que j'en ai eu assez lu, j'ai posé bien empilés les carnets de la gosse sur la chaise araignée, au cas où les terriens voudraient en faire quelque chose, parce que je les connais, ils vont chercher des explications, c'est plus fort qu'eux. Quand ils auront remonté Grizzly et sa petite, ils vont exiger un sacré paquet de mots pour replanter leur vérité bien droit, racines démêlées.

J'ai fait un beau tas de mes cahiers, de mes centaines de collages, mes titres jaunis, mes mots triés, mes constantes classées, la guerre le pouvoir la haine l'argent, j'en ai fait un joli paquet bien ficelé. Je me suis couvert le mieux possible, je me suis servi un quart de vodka que j'ai bu d'une traite, j'ai attrapé la hache dans la réserve et je suis sorti.

En traversant la cour, j'ai essayé de pas trop regarder la drôle de sculpture morbide que formaient les corps de Roq et du Pater. Arrivé au pied du drapeau, dans la pénombre, j'ai senti la présence de leur gros tas de chair et entraperçu le rictus de Roq derrière la moumoute de l'ours mais je me suis retourné aussitôt vers le mât pour tirer sur cette saloperie de drisse qu'était complètement gelée évidemment. J'ai brandi la hache, frappé le taquet de toutes mes forces. J'ai dû m'y prendre à plusieurs reprises mais j'ai réussi à le faire tomber, notre orgueil râpé. Je suis rentré une dernière fois dans la Centrale pour reposer la hache, ficeler solide le drapeau à mes cahiers et je suis ressorti, direction le chenal.

Le froid me fait comme un coup droit dans les dents à chaque pas. Elles en finissent pas de tomber, de se déchausser de leur racine sans jamais rouler dans la neige en chicots jaunes sur fond blanc.

J'ai un goût de sang terrible dans la bouche.

Il devait avoir ça aussi, le jeune homme mauvais des carnets. Le client à la voix nasillarde qu'aucune ne voulait mais qui demandait la gosse, à chaque fois. Et la gosse n'avait pas le choix. Le jeune homme mauvais avait le diable en lui, c'est écrit dans le carnet, sa perversité était *sans limites*, qu'est-ce que ça veut dire ça, sans limites ? Le reste des carnets le dit peut-être mais c'est trop tard. En tout cas sans limites c'est beaucoup, c'est trop, même pour la gosse maigrichonne qui a tout vu, tout encaissé toutes ces années, c'est elle qui l'écrit, que ce client-là, non, vraiment, c'est au-delà de tout, au-delà de ce qu'on peut supporter. Mais la gosse a tout vu, tout encaissé toutes ces années, elle est passée maîtresse dans l'art de dissimuler pour supporter et surtout elle n'a pas le choix. Le jeune homme mauvais fanfaronne chaque fois de sa voix nasillarde, ça fanfaronne les hommes, c'est comme ça. Il fanfaronne de sa voix de crécelle, du haut de sa silhouette nerveuse de petit jeune homme mauvais, en remontant la braguette de son treillis.

Un jour, au-dessus du corps de la gosse, il fanfaronne qu'il va bientôt partir pour une mission incroyable, un lieu improbable, et le mot explose dans la chambre. Solak. Ça lui éclabousse le visage à la gosse, ça lui rentre par les pores, la bouche, le nez, tous les orifices, elle étouffe, suffoque, mais elle dit rien. Solak.

Tout devient limpide. Tout se construit à la vitesse de l'éclair. S'il y a une chance, elle la tentera. L'autre fanfaronne toujours, le petit jeune homme mauvais. Il revient plusieurs fois, les autres filles se cachent toujours, la gosse n'a toujours pas le choix mais maintenant elle pose des questions sur cette mission, l'air de rien, au petit jeune homme mauvais qui explique fier, la queue gonflée d'orgueil, qu'on croit le punir en l'envoyant là-bas, il est pas dupe, on veut l'éloigner parce qu'il dérange avec ses poings qui frappent plus vite que des balles, mais ils verront ce qu'ils verront les gradés, il en fera qu'une bouchée de leur saloperie de banquise, rien lui a jamais résisté, la preuve. La gosse sent rien, elle est déjà loin, déjà partie, déjà vengée.

Solak. Le mot avait claqué dans l'air il y a des années, soufflé par une bouche adulte au-dessus d'elle petite, comment l'oublier ? Le lieu du père impuni, l'espace mort où personne pourrait jamais aller le retrouver. Solak. Le départ est pour bientôt, fanfaronne le petit jeune homme mauvais, il va falloir être particulièrement gentille avec lui, la gosse obtempère. Mais elle prépare tout, se creuse la tête et se laisse creuser plus loin encore, c'est écrit dans le carnet, *au-delà d'elle-même.*

Le jour du meurtre, c'est écrit simple, net, rapide. *C'est fait.* Le petit jeune homme mauvais poignardé jusqu'à la bouillie lui aussi décidément. Enroulé dans les draps du crime, planqué dans la cave du bordel avec l'aide d'une autre fille, la veille du départ. *C'est fait.* La gosse qui se tond les cheveux sans trembler, s'échappe, se pointe au lieu de rendez-vous avec l'uniforme, les papiers, le bonnet fin, les affaires du petit jeune homme mauvais, et ça passe. Elle en revient pas la gosse, mais ça passe. On lui donne du matériel, une grosse parka, des instructions et même un petit discours sur la grandeur de la nation et des drapeaux, et vogue le brise-glace et l'hélico que je reverrai pas, il faut une âme de Grizzly pour retourner vivre parmi les terriens.

Mes doigts et mes orteils me font même plus

mal. Tout à l'heure j'ai ressenti une grande brûlure, comme si quelqu'un les chauffait au chalumeau avant de les briser un à un. Mais maintenant, tout le reste, les oreilles, le nez, le menton : des cailloux.

Je reconnais l'endroit, dans la pénombre bleutée. Le jour nouveau cherche à se lever. Il lutte contre la grande Nuit affaiblie, la perfore déjà d'une lumière qui s'annonce victorieuse. Je reconnais l'endroit, le crissement froissé du sol, les plaques de glace encore dressées comme un rappel de la puissance souterraine qui est là, juste sous mes pieds. Le chenal est tout près, quelques mètres et ce sera fini. Solak. Dans les carnets gribouillés, raturés, les cauchemars du gosse qui revivait son crime et ceux de son enfance qui ravivaient mon crime. Tout ça, terminé. Mais quand est-ce que la gosse a su ? Quand est-ce qu'elle a compris que son ventre enflait et en finirait pas de briocher caché pendant des mois ? Aucune date dans les carnets bourrés à craquer de colère. Faut dire que j'ai lu ça de travers, fissuré que j'étais par tous ces mots taillés à la machette, ces grappes noires d'où l'écriture giclait comme le sang d'une artère. Une page quand même, avec le mot *impossible* rayé violent. C'était impossible, impossible ce ventre qui faisait l'igloo, ici, maintenant, cet enfoiré de vivant qui s'accrochait clandestin, planqué dans son ventre juste avant le départ, si ça s'appelle pas l'ironie du sort ça, alors comment ? Mais la gosse avait dû s'y faire à ça aussi, dissimuler, encore, au creux du ventre. Elle qui avait tout vu, tout encaissé, mais pas la scandaleuse coïncidence de la vie qui s'obstine à éclore quand tout paraît déjà mort.

C'est increvable le vivant, Grizzly avait raison.

Devant moi, le chenal d'eau libre, les lèvres de l'océan.

Ces mois, ces semaines où la gosse avait couvé son secret à tiroirs dans son corps tout de nerfs et d'os. Est-ce qu'elle avait pas voulu disparaître elle aussi ? Est-ce que ce jour-là sur la banquise, après l'embâcle, en fonçant tête baissée sur la glace incertaine, elle avait pas cherché à en finir avec ce trop-plein qu'elle se coltinait seule en dedans ?

Elle aurait surtout pu me crever moi. Elle avait marché, travaillé, bricolé, pêché à mes côtés, elle aurait pu en finir mille fois, me pousser dans une faille, m'abandonner dans une crevasse, m'offrir en pâture au froid, aux bêtes sauvages, me tirer une balle plein cœur, me poignarder façon bouillie, me transpercer, m'effacer tout court, c'est pas les façons d'anéantir qui manquent ici. Mais peut-être que pour ça, elle comptait plus sur ses carnets.

Un dernier coup d'œil derrière moi, même si mon cou veut plus se tordre.

Aucune trace dans l'aube naissante. Seuls mes crampons au bord de la cicatrice noire. Je serre mes collages, le drapeau.

PAPIER À BASE DE
FIBRES CERTIFIÉES

Le Livre de Poche s'engage pour
l'environnement en réduisant
l'empreinte carbone de ses livres.
Celle de cet exemplaire est de :
400 g éq. $CO_2$
Rendez-vous sur
www.livredepoche-durable.fr

Composition réalisée par Soft Office

---

Achevé d'imprimer en novembre 2023 en Espagne par
Liberdúplex - 08791 Sant Llorenç d'Hortons
Dépôt légal 1re publication : mars 2023
Édition 04 – novembre 2023
LIBRAIRIE GÉNÉRALE FRANÇAISE
21, rue du Montparnasse – 75298 Paris Cedex 06

59/1486/7